Mordsgeschichten zu jedem Anlaß

Der Mörder ist immer der Gärtner

Gemüse-Krimis ISBN 3-89425-080-1 DM 15,80
Mit Geschichten von A.B.S., Anderle, Ard, Balke, Bauer, Büchner, Diesmann, Eik, Flieger, Illner, Karr & Wehner, Kneifl, -ky, Möckel, Pointner, Weickart, Wolff, Zinth

Der Mörder bläst die Kerzen aus

Geburtstags-Krimis ISBN 3-89425-081-X DM 15,80
Mit Geschichten von A.B.S., Anderle, Ard, Balke, Beetz, Böhm, Büchner, Diesmann, Eik, Ginsberg, Illner, Karr & Wehner, Kneifl, Küsel, -ky, Pointner, Prochazka, Prokop, Schmid, Wolff, Zinth

Der Mörder zieht die Turnschuh an

Sport-Krimis ISBN 3-89425-082-8 DM 15,80
Mit Geschichten von A.B.S., Ard, Bauer, Beetz, Benning, Diesmann, Ginsberg, Illner, Karr & Wehner, Kutak, -ky, Meyer, Neumann, Pfeiffer, Rabisch, Ross, Schmid, Wolff

Der Mörder packt die Rute aus

Weihnachts-Krimis ISBN 3-89425-084-4 DM 15,80
Mit Geschichten von Ard, Diesmann, Eik, Erichsen, Flieger, Ingwersen, Karr & Wehner, Kneifl, Kristan, -ky, Lens, Meyer, Ostberg, Schiefelbusch, Schlüter, Schmid, Weickart, Wolf

Der Mörder schwänzt den Unterricht

Schul-Krimis ISBN 3-89425-083-6 DM 15,80
Mit Geschichten von A.B.S., Anderle, Ard, Ehlers, Flieger, Junge, Koglin, Karr & Wehner, -ky, Meyer, Plonsky, Reyntjes, Schlüter, Schmid, Wolf, Wolff

Der Mörder bricht den Wanderstab

Urlaubs-Krimis ISBN 3-89425-085-2 DM 14,80
Mit Geschichten von Ahrens, Anderle, Ard, Gilles, Karr & Wehner, Kley, Koch, Koglin, -ky, Lens, Liedtke, Meyer, Minz, Neumann, Plonsky, Ross, Schlüter, Schmid, Schuberth, Wolff, Zadrazil

Der Mörder kommt auf Krankenschein

Wartezimmer-Krimis ISBN 3-89425-086-0 DM 15,80
Mit Geschichten von A.B.S., Ard, Diesmann, Ehlers, Gilles, Ginsberg, Karr & Wehner, Koch, Koglin, Kottmann, Kristan, -ky, Lennkh, Lens, Liedtke, Meyer, Ross, Sauer, Schlüter, Schmid, Wolf, Wolff, Zadrazil

Postfach 300240, D-44232 Dortmund

Umschlagfoto: Thomas Range
Satz: HEVO GmbH, Dortmund
Druck und Bindearbeiten: Fuldaer Verlagsanstalt
ISBN 3-89425-087-9
1. 2. 3./97 96 95

Der Mörder kommt auf sanften Pfoten

Tier-Krimis

Herausgegeben von Leo P. Ard

grafit

Inhalt

Leo P. Ard

Die Eintagsfliege

Nein, Sie brauchen mich nicht zu bedauern.

Ich genieße mein kurzes Dasein in vollen Zügen. Ist nicht ein pralles, erfülltes Leben im Schnelldurchgang schöner als ein langweiliges Dahinsiechen über Jahrzehnte?

Außerdem ist es ein Menschen-Gerücht, daß wir Eintagsfliegen nur einen Tag leben. Eine dieser Vereinfachungen. Wieder ein Beweis für die Geringschätzung des Menschen gegenüber anderen Gattungen.

Aber was kann man schon von Lebewesen erwarten, deren kreative Meisterleistung die Erfindung der Fliegenklatsche ist.

Wie groß muß die Angst der Menschen vor uns sein, daß sie uns mit Insektenspray vernichten wollen und die Zerstörung der Ozonschicht in Kauf nehmen. Welch eine Bedrohung muß von uns ausgehen, daß sie riesige Atomkraftwerke bauen, nur um kleine, fiese Elektrogeräte in Steckdosen stecken zu können, deren Summton uns das Trommelfell platzen läßt. Sie entwickeln chemische Waffen, einzig und allein, um uns mit geschmackvoll riechendem Pulver zu ködern, das uns den Magen verätzt.

Warum lassen uns diese Kreaturen nicht leben? Warum gönnen sie uns unsere 28, 34 oder 35 Stunden nicht?

Was haben wir den Menschen getan? Alles, was wir wollen, sind die drei ‹fs›: fressen, fliegen und, na, Sie wissen schon.

Machen die Menschen etwas anderes? Stören wir sie dabei? Na, also!

Kommen wir auf einen dieser Gattung zu sprechen, den ich ganz besonders in mein Herz geschlossen habe. Er nennt sich Gustav und wohnt zusammen mit mir in einer geräumigen Dachgeschoßwohnung. Von Wand zu Wand benötige ich drei Sekunden, in menschliche Maße umgerechnet, handelt es sich also um eine 80 Quadratmeterwohnung.

Man müßte doch eigentlich annehmen, daß die Wohnung groß genug für uns beide wäre. Gustav ist da völlig anderer Auffassung.

Ich war bereits 14 Stunden alt, als er von einem Einkauf zurückkam und seinen Korb auspackte. Ich war sehr gespannt, ob es Gehacktes geben würde, mein Lieblingsessen. Ich flog auf seine Schulter, um ihm gegebenenfalls meinen Dank ins Ohr zu summen. Unter höhnischem Gelächter packte er etwas aus, das ich – wohl zu Recht – als Ausdruck der Perversion menschlichen Denkens bezeichnen darf: eine Fliegenklatsche.

An dieser Stelle muß ich allerdings bemerken, daß mir zu dem damaligen Zeitpunkt die Funktion dieses Mordinstrumentes nicht bekannt war. Lediglich das lüsterne Lächeln, das sich auf Gustavs Gesicht breitmachte, gab mir zu denken. So hatte er auch ausgesehen, als er mich vor drei Stunden mit einem Filzpantoffel durch die Bude hetzte.

Das Tatwerkzeug hatte einen etwa 30 Zentimeter langen Stil und am Kopf ein menschenhandgroßes Sieb aus Plastik. Es war knallrot. Zuerst dachte ich, es handele sich um eine Art Pürierstab. Oder um einen Fächer, mit dem sich Gustav frische Luft zuwedeln wollte.

Sekunden später wußte ich es besser. Gustav machte damit Jagd auf mich. Sobald ich mich niederließ, schlich er heran und schlug rücksichtslos mit seinem Plastikstab zu. Aber Gustav ist erbärmlich langsam, und mit der Zeit erlahmte sein Kampfgeist. Ich behielt die Klatsche im Auge und widmete mich dem Mittagessen.

Dann kam sie!

Wunderschöne Augen, ein wohlgeformter Körper, eine weiche Stimme; die Claudia Schiffer unter den Fliegen. Und wie sie duftete! Sie kam aus der Nachbarwohnung, frisch von einer Terrine Erbsensuppe.

Ich hatte nur Augen für sie.

Unsere Zeit war knapp, und wir hielten uns nicht lange mit dem Vorspiel auf. Es fing gerade an, uns Spaß zu machen, als sich ein Schatten über unsere Körper legte.

Instinktiv koppelte ich ab und gab Vollgas. Ein kühler Luftzug streifte mich, dann war ich in Sicherheit.

Meine Gespielin hatte keine Chance.

Es war ein entsetzlicher Anblick. Dieser edle Körper war nur noch eine breiige Masse. Zum Teil auf der Wand, zum Teil auf Gustavs neuerworbener Mordwaffe. Er stieß einen markerschütternden Triumphschrei aus, begutachtete sein Opfer von allen Seiten und entsorgte meine Lady in einem Abfalleimer.

Unbändige Wut stieg in mir auf. Ich vergaß jegliche Vorsicht und stürzte mich auf ihn. Erbarmungslos griff ich ihn an, von allen Seiten. Kurz vor seinem Ohr – offenbar die empfindlichste Stelle des Menschen – drehte ich bei, um wieder rechtzeitig aus der Reichweite seines Schlägers zu gelangen.

Wir schenkten uns nichts. Das zeitraubende, rücksichtslos ausgetragene Duell raubte mir einen Teil meiner Jugend, aber das war es mir wert. Nach fünfzehn Minuten gaben wir auf und krochen in unsere Ecken, um neue Kraft zu sammeln.

Ich genehmigte mir einen Drink aus seiner Kaffeetasse und dachte nach. Mir wurde klar, daß ich den ungleichen Kampf nur mit einer List gewinnen konnte.

Während Gustav seinen Mittagsschlaf hielt, inspizierte ich die Wohnung noch einmal gründlich.

Sicher gibt es eine Menge Möglichkeiten, einen Menschen zu töten. Aber haben Sie schon einmal eine einzelne Fliege gesehen, die einen Gashahn aufdrehen kann?

Meine Kräfte waren begrenzt und der Zeitdruck enorm. Ich hatte keine Lust, mir meinen Lebensabend mit unbefriedigten Rachegelüsten zu verderben. Ich stand im besten Saft. Ich trauerte meiner Schönen nach, war aber keineswegs bereit, mein Leben als Junggeselle zu beenden. Aber an heiße Orgien war nicht zu denken, so lange Gustav unter den Lebenden weilte.

Alles oder nichts.

Ich setzte mich auf Gustavs Nase. Seinen reflexartigen Handbewegungen konnte ich bequem ausweichen. Ich schwebte an sein Ohr und nannte ihn eine »Schmeißfliege«, ein in unserer Gattung beliebtes Schimpfwort. Er verscheuchte mich, blieb aber auf der Couch liegen.

Wollte Gustav kneifen?

War ihm sein Mittagsschlaf wichtiger als ein aufrechtes Duell Mann gegen Fliege?

Es blieb nur eine Chance, ich mußte ihn bei seinem Stolz packen.

Ich überwand meine Abscheu, setzte mich auf die Fliegenklatsche und begann mich zu putzen, scheinbar in aller Seelenruhe. In Wirklichkeit behielt ich ihn im

Auge. Gustav blinzelte zu mir herüber. Ich wußte sofort, daß ich ihn hatte.

Er sprang auf, bewaffnete sich und nahm die Kampfhandlungen wieder auf.

Ich flüchtete auf die Obstschale, von dort auf den Ofen. Gustav folgte mir. Aber er war noch nicht so aggressiv, wie er sein sollte. Ich attackierte ihn von der Seite, setzte mich auf das Gestell seiner Brille.

Gustav kam langsam auf Touren.

Ich landete auf der Fensterscheibe. Es war ein herrlicher Tag. Die Leute auf der Straße waren luftig gekleidet, freuten sich über die Sonnenstrahlen.

Auch mich zog das helle Licht magisch an. Ich mußte mich zusammenreißen, mich jetzt nicht Träumereien und Verlockungen hinzugeben.

Sein Schlag kam dennoch früher als erwartet. Der Luftdruck wirbelte mich herum. Ich suchte weiter oben Schutz.

Die Verfolgung schien Gustav zu mühsam. Er war drauf und dran, die Sache auf sich beruhen zu lassen.

Aber er hatte meine Hartnäckigkeit unterschätzt. Ich flog zu seiner nassen Unterlippe und fuhr schnell mein Beißwerkzeug aus. Es schmeckte eklig.

Bevor Gustav zuschnappen konnte, klebte ich bereits wieder an der Scheibe.

Gustav stieg auf das Fensterbrett und holte zum entscheidenden Schlag aus. In diesem Moment stürzte ich mich auf ihn, machte einen Salto und landete direkt zwischen Auge und Brillenglas. Und ich schrie ihm all meine Wut und meinen Schmerz ins Gesicht.

Jetzt ist wieder alles ruhig im Haus. Durch die zerbrochene Scheibe strömt frische Luft in die Dachgeschoßwohnung. Der unangenehm schrille Ton der Sirene des Notarztwagens ist verstummt.

Ich putze mir die Flügel.

Durch das zerbrochene Fenster schweben zwei bildhübsche Damen herein, offenbar Schwestern. Sehr aparte Erscheinungen, wenn auch nicht mehr blutjung. Aber schließlich bin ich auch nicht mehr der Jüngste.

Die Zeit ist knapp.

»Hallo, Mädels!«

Karl-Heinz Diesmann

Tiere

Heinz Bartuscheit rückte den Stuhl ans Schlafzimmerfenster, stellte das Fenster einen Spaltbreit auf, setzte sich und legte vorsichtig das Luftgewehr auf die Fensterbank. Hier, im ersten Stock, war er auf der Höhe der Krone des Kirschbaums, keine fünf Meter von ihr entfernt und sozusagen Auge in Auge mit den gefiederten Invasoren. Wenn sie denn kamen. Aber erfahrungsgemäß würden sie kommen. Die Kirschen waren einfach zu rot. Doch hier im Schlafzimmer, er lächelte grimmig, saß Heinz Bartuscheit, der Stare Tod.

Bis zum Mittagessen hatte er sechs abgeschossen. Einige hatte er verfehlt, aber sechs waren flatternd durch das Laubwerk nach unten gestürzt und auf das Hofpflaster geklatscht. Den letzten allerdings hatte er offenbar nicht richtig erwischt, denn vom Hof her klang dauernd ein klägliches Piepen nach oben. Ärgerlich wartete Bartuscheit, daß auch Erika in der Küche das Piepen hören und nach draußen gehen und dem Tier den Rest geben würde, aber anscheinend war sie so ins Kochen vertieft, daß sie nichts mitbekam.

Wütend legte Bartuscheit das Gewehr auf das Bett und stapfte nach unten.

»Hörst du denn nichts?« beschwerte er sich, als er durch die Küche ging.

»Was denn?« fragte Erika und stach eine Gabel in die kochenden Kartoffeln. Natürlich hatte sie wieder das Radio an.

»Na, den Vogel!« rief Bartuscheit und trat durch die Waschküche auf den Hof.

Der Star piepte immer noch und ruckte krampfhaft auf dem Boden hin und her. Bartuscheit nahm ihn und haute ihm den Kopf vor die Hauswand. Dann sammelte er die anderen Vögel auf und warf sie in die Aschentonne.

»Eigentlich dürfte man gar nicht zum Essen gehen«, sagte er beim Essen. »Die verdammten Biester warten doch nur darauf, daß man mal nicht hinguckt.« Er schielte durch das Küchenfenster zu dem Kirschbaum hinüber. Ein paarmal waren Stare zu hören, aber ungewöhnlicherweise fiel keine einzige angebissene Kirsche nach unten auf den Hof.

»Wieviel hattest du?« fragte Erika.

»Sechs«, sagte Bartuscheit. »Aber ich hab ja auch nur von elf ab gesessen.«

Sie aßen schweigend.

»Ich geh noch mal ein bißchen hoch, bevor ich mich hinlege«, sagte Bartuscheit, als Erika das Spülwasser einließ. »Kann nicht schaden, ihnen gleich am Anfang eine Lektion zu verpassen.«

Im Schlafzimmer bezog er gleich wieder seinen Posten am Fenster. Er legte sich die Munition auf dem Fensterbrett zurecht und faßte dann den Kirschbaum entschlossen ins Auge.

Mehrmals kamen Stare herangeflogen, stiegen aber sofort wieder in die Höhe oder drehten ab, bevor sie überhaupt nur in die Nähe der Zweige gekommen waren. Bartuscheit zog die Brauen zusammen. Was war da los? Eine Katze? Keiner der Nachbarn hatte eine, und von einer streunenden hatte er in der letzten Zeit nichts gehört oder gesehen.

Er musterte mißtrauisch den Kirschbaum.

Etwas bewegte sich im Geäst.

Bartuscheit kniff die Augen zusammen und beugte sich vor.

Etwas Bepelztes sprang von einem höheren auf einen tieferen Ast und richtete sich halb auf. Dann drehte es den Kopf und sah den Menschen aus einem flachen Gesicht mit großen Augen an.

Ein Affe.

Bartuscheit war so überrascht, daß er sich im ersten Moment unwillkürlich zurücksacken ließ. Dann reckte er den Oberkörper wieder vor, aber auf die Bewegung hin verschwand der Affe sofort in dichterem Laubwerk und blieb verschwunden.

Bartuscheit schloß nachdenklich das Fenster, legte das Luftgewehr auf das Ehebett und ging langsam nach unten.

Erika wischte gerade die Küche.

»Hör mal ...« begann Bartuscheit.

»Ja?« machte Erika, ohne von ihrem Wischlappen hochzusehen.

»Ach, nichts«, brummte Bartuscheit. »Ich leg mich jetzt hin.«

Wie jeden Mittag streckte er sich auf der Wohnzimmercouch aus und zog eine Wolldecke über sich. Zunächst mußte er ständig an den Affen denken, aber dann gewann doch die Verdauungsmüdigkeit die Oberhand, und er schlief ein.

Als er auf dem Klo saß, hörte er Erika draußen auf dem Hof mit jemandem reden. Als er vom Klo kam, war Erika schon wieder in der Küche und machte die Kaffeemaschine fertig für den Nachmittagskaffee.

»Wer war das eben?« fragte er.

»Zwei Männer«, sagte Erika und schaltete die Maschine ein. »Die haben nach einem entlaufenen Äffchen gefragt.«

»Äffchen?« machte Bartuscheit überrascht.

»Ja. Das ist denen weggelaufen, und jetzt fragen sie überall nach, ob das vielleicht einer gesehen hat«, berichtete Erika.

»Hm«, brummte Bartuscheit.

Er ging nach draußen und zur Straße. Ein paar Häuser weiter sah er zwei junge Männer, einer in einem grauen Anzug, einer in einem Wildlederblouson, von einem Grundstück kommen und zur nächsten Haushälfte hinübergehen. Er runzelte die Stirn. Normalerweise pappten die Leute, wenn ihnen ein Haustier weggelaufen oder weggeflogen war, einen Zettel an die Leitungsmasten oder Bäume oder schickten allenfalls ihre Kinder rum. Die Kerle hier schienen aber offenbar nichts Besseres zu tun zu haben, als am hellichten Tage nach einem Affen zu suchen.

Nachdenklich ging Bartuscheit ins Haus zurück. Im Vorbeigehen warf er einen Blick in den Kirschbaum, aber von dem exotischen Besucher war nichts zu sehen.

»Haben die beiden Männer eigentlich was gesagt, wer sie sind und wo man sich melden soll, wenn man den Affen findet?« fragte Bartuscheit beim Kaffee.

»Die haben gar nichts gesagt«, erwiderte Erika, »nur, daß sie morgen oder so noch mal nachfragen wollen.«

Bartuscheit widmete sich nachdenklich dem Kuchen.

Nachmittags sah er das Tier kurz auf dem Dach des Bastelschuppens, aber es sprang sofort herunter und verschwand im Garten, als er näher kam. Irgend etwas, hatte Bartuscheit den Eindruck, war mit seinem Fell und seinen Augen nicht in Ordnung.

Am nächsten Vormittag, als Erika in der Stadt war zum Arzt und Einkaufen, kamen die Männer wieder durch die Siedlung. Bartuscheit saß auf der Gartenbank am Rande des Gartens, das Luftgewehr auf den Knien, und sah ihnen entgegen, wie sie das Törchen zum Grundstück aufmachten und am Haus entlang und über den Hof bis zu seiner Bank schritten.

»Guten Morgen«, sagte der im Blouson. Er deutete auf das Gewehr und grinste. »Machen Sie Jagd auf Raubtiere?«

»Stare«, erwiderte Bartuscheit humorlos. »Die holen mir sonst die ganzen Kirschen weg.«

»Wir waren gestern schon einmal hier und haben mit Ihrer Frau gesprochen«, fiel der Mann im grauen Anzug ein. »Es geht um einen Affen, der uns weggelaufen ist, und ob Sie den vielleicht gesehen haben.«

»Nein«, sagte Bartuscheit schroff.

Der Mann zögerte einen Moment. »Es ist nur so«, meinte er etwas unbeholfen, »das Tier hat eine Krankheit, und da wollen wir es möglichst schnell wiederhaben. Deshalb gehen wir auch persönlich von Haus zu Haus.«

»Was hat er denn?« fragte Bartuscheit mißtrauisch.

»Nichts Ansteckendes«, versicherte der Mann im Anzug hastig. »Es ist nur für das Tier selbst gefährlich. Deshalb wären wir auch froh, wenn wir es ohne Umstände wiederkriegen könnten.«

»Natürlich gibt es auch Finderlohn«, hängte der im Blouson an und versuchte, Bartuscheit anzulächeln. Bartuscheit verzog keine Miene.

»Wir kommen auf jeden Fall noch einmal wieder und gucken, ob er inzwischen aufgetaucht ist«, versprach der im Anzug. Er nickte knapp, und die beiden gingen. Als sie fast schon am Törchen waren, schien der eine plötzlich zu stutzen und kurz auf das Blumenbeet neben dem Pflasterweg zu starren. Der andere wollte stehenbleiben, aber sein Begleiter griff seinen Arm und schob ihn weiter.

Sie verließen das Grundstück. Bartuscheit tat, als hätte er nichts gesehen. Aber nach zwei Minuten, in denen er einen Star ignorierte, der sich an seinen Kirschen gütlich tat, stand er auf und ging hastig zu der Stelle hinüber, an der die beiden Besucher kurz verharrt hatten.

Er sah auf das Beet. Abdrücke wie von vier kleinen Händen. Und Kot. Tierkot. Ungewöhnlicher Tierkot. Der Affe hatte zwischen die Stiefmütterchen geschissen.

Bartuscheit ging ins Haus und sah den Lokalteil der Tageszeitung von hinten bis vorne durch, die Kleinanzeigen eingeschlossen. Dann suchte er die Zeitungen der letzten beiden Tage aus der Altpapierkiste und sah auch sie durch. Nirgendwo ein Hinweis auf einen entsprungenen und dringend gesuchten Affen. Er runzelte nachdenklich die Stirn.

Adolf Schröder lehnte am Zaun zwischen den Grundstücken und rauchte gemütlich eine Zigarette. Als er Heinz Bartuscheit sah, schlenderte er langsam heran.

»Nach, Nachbar«, rief er, »dem Gewehr nach hat die Kirschenzeit begonnen, was?«

»Scheiß Stare«, nickte Bartuscheit. »Aber dies Jahr geht es beinahe.«

»Paß nur auf, daß du den Affen nicht abschießt«, grinste Schröder.

»Affen?« Bartuscheit spürte, wie ihm das Blut in die Wangen schoß.

»Na, waren die nicht bei dir wegen dem Affen, die zwei Männer?« fragte Schröder überrascht. »Die sind doch in jedem Haus gewesen, vor 'ner Stunde oder so.«

»Doch«, nickte Bartuscheit eilig. Er gab sich Mühe, unbeteiligt zu wirken.

»Kommen die extra aus Dortmund hierher wegen so 'nem Affen!« Schröder schüttelte den Kopf.

»Dortmund?« fragte Bartuscheit hastig.

»Na, ist doch 'ne Dortmunder Telefonnummer, die die angegeben haben, wo man sich melden soll, wenn man das Tier sieht«, entgegnete Schröder etwas verwirrt.

»Ach ja, stimmt«, nickte Bartuscheit.

»Wenn der man nicht aus diesem Bio-Institut ist, das dauernd in der Zeitung steht, wo sie immer gegen protestieren, wegen diese Genversuche und so«, vermutete Adolf Schröder mit wichtiger Miene. Er schnippte seine Zigarette weg.

»Wer weiß, was das für eine Krankheit ist, die der hat«, pflichtete Bartuscheit ernst bei.

»Krankheit?« machte Schröder überrascht.

»Haben die dir denn nichts von der Krankheit erzählt, die der Affe haben soll?« erkundigte sich Bartuscheit verdutzt.

»Nee. Die haben nichts gesagt davon. Was Schlimmes?« fragte Schröder besorgt.

»Nichts für Menschen Gefährliches«, berichtete Bartuscheit, »nur für das Tier selbst.«

»Na, dann geht's ja noch«, entspannte sich Schröder. »Ich dachte schon, wer weiß, was die sich da wieder ausgeknobelt haben in ihre Labors.« Er lachte gezwungen.

Bartuscheit jedenfalls fiel es den Rest des Vormittags schwer, sich auf den Kirschbaum und die Stare zu konzentrieren.

Als er von seinem Mittagsschlaf aufstand, war Erika nicht in der Küche, obwohl es längst Zeit war, die Kaffeemaschine für den Kaffee fertigzumachen. Aber er hörte sie in der Waschküche – er hielt überrascht inne – leise mit jemandem reden.

Er stieß die Tür zur Waschküche auf. Zwei Augenpaare sahen ihn an: Erika, die am Boden vor dem alten Hundekorb hockte, und in dem Korb – der Affe, der auf Bartuscheits Eintreten sofort hochschreckte und mit einem ängstlichen Schnattern in die andere Ecke der Waschküche flüchtete in den Winkel zwischen der Wand und dem alten Kleiderschrank.

»Jetzt hast du ihn erschreckt!« sagte Erika vorwurfsvoll. Sie erhob sich und ging vorsichtig zu dem Tier hinüber. »Mach die Tür zu!« zischte sie über die Schulter zurück, und Bartuscheit, völlig überrumpelt, zog die Tür zur Küche zu.

»Er saß auf dem Komposthaufen, als ich die Kartoffeln wegbringen wollte«, erzählte Erika, ohne das Tier aus dem Auge zu lassen. »Ich hab ihn dann mit den Kartoffeln und dem Gemüse gelockt, und er ist mir einfach so nachgekommen bis in die Waschküche. Der arme Kerl – er hat wohl richtig Hunger gehabt. Aber er ist ganz zutraulich.« Sie ging vor dem Affen in der Ecke in die Knie und redete beruhigend auf ihn ein. Das Tier preßte sich in den Winkel.

Erika erhob sich wieder und kam zur anderen Seite der Waschküche zurück. »Das muß das Äffchen sein, wo die Männer gestern nach gefragt haben«, sagte sie aufgeregt. Sie kümmerte sich nicht um Bartuscheits finstere Miene, sondern nahm die Schüssel mit Früchten und Kartoffeln und Gemüse, die vom Mittagessen übriggeblieben waren, und hielt sie dem Affen hin. Das Tier langte blitzschnell zu und griff sich einen Apfel, dann drückte es sich wieder in den Winkel zwischen Schrank und Wand.

Erika stellte die Schüssel auf halbem Weg in die Mitte der Waschküche, dann rückte sie den Korb daneben. »Ich hab ihm Stroppis alten Korb gegeben«, sagte sie, »daß er nicht auf den kalten Steinen sitzen braucht.«

Sie lächelte dem Affen zu und versuchte erneut, ihn heranzulocken. Tatsächlich schob sich das Tier mit einem Mal scheu aus der Ecke, Hand vor Hand, Fuß vor Fuß, den Blick seiner großen glänzenden Augen ängstlich auf die beiden Menschen gerichtet.

»Er sieht komisch aus«, sagte Bartuscheit gepreßt. Unwillkürlich überlief ihn ein Schauder. Das Licht in der Waschküche war gedämpft, aber man konnte doch deutlich die Augen des Affen sehen. Bartuscheit hätte nicht zu sagen gewußt, wie die Augäpfel von Affen aussehen mußten, aber er war sich sicher, daß Grün nicht die richtige Farbe war.

»Vielleicht ist er krank«, vermutete Erika. Sie sprach leise, als wolle sie das Tier nicht verschrecken. »Er scheint auch was an seinen Ärmchen zu haben.«

Bartuscheit sah hin. Der Affe versuchte jetzt die Nüsse, die Erika ihm hingelegt hatte. Sein ansonsten braunes Fell war an den Unterarmen schwärzlichgrün verfärbt und stark gelichtet.

»Was hat der arme kleine Kerl nur?« fragte Erika.

»Auf jeden Fall hat er Appetit«, sagte Bartuscheit rauh. Er ließ den Blick nicht von dem Affen.

»Wenn morgen die Männer nicht wiederkommen und ihn holen, bringen wir ihn zum Tierarzt«, sagte Erika fest.

»Was meinst du, was das kostet!« wandte Bartuscheit heftig ein.

»Egal«, beharrte Erika. »Aber sicher kommen ja auch die Männer wieder und holen ihn. Sie schienen ihn so gerne wiederhaben zu wollen.«

Bartuscheit schwieg. Schweigend sahen sie zu, wie das Tier fraß.

»Gott, der ist ja richtig ausgehungert!« rief Erika.

»Was hat er da eigentlich an der Schulter?« fragte Bartuscheit plötzlich. Er machte ein paar Schritte auf den Affen zu, um ihn besser betrachten zu können, aber das Tier wich sofort wieder in Richtung der Ecke der Waschküche zurück.

Bartuscheit seufzte und stellte sich zurück neben Erika. Nach einer Minute näherte sich auch der Affe wieder der Obstschüssel. Er fraß aber nicht weiter. Vielmehr schienen ihm mit einem Mal seine eigenen Unterarme aufzufallen. Er stieß ein aufgeregtes Schnattern aus und begann hektisch, sich zu putzen, indem er immer wieder krampfhaft das verfärbte Fell und die kahlen Stellen auf seinen Armen ableckte, wobei er kleine klägliche Laute von sich gab und etwas, das wie ein

Wimmern klang. Schließlich hielt er inne, hob den Kopf und sah die beiden Menschen flehend an.

Von draußen war ein krächzendes Zwitschern zu hören.

»Die verdammten Stare!« zischte Bartuscheit. Er drehte sich abrupt um. »Die sind jetzt dran!«

Im Laufe des Nachmittags wurde der Affe zutraulicher und duldete es schließlich sogar, daß Erika ihn streichelte und auch Bartuscheit in seine Nähe kam. Jetzt konnten sie auch sehen, was er an der Schulter hatte: hinten an der linken Schulter seines kleinen Körpers saß eine männerfaustgroße, dunkle Beule, in der es unablässig zu zucken schien.

Abends hatte Erika ihren Nähkurs. Sie ließ Bartuscheit mit dem Affen allein und ermahnte ihn, gut auf das Tier aufzupassen. Bartuscheit sah zu, daß ein Teller mit Obst und Gemüse in der Waschküche bereitstand und eine Schüssel mit Wasser, dann wanderte er unruhig durch das Haus. Er stieg ins Schlafzimmer hoch und sah über das im Dämmerlicht liegende Grundstück. Ein seltsames Gefühl überkam ihn. Er nahm das Luftgewehr, lud es, verließ das Haus und ging zu dem einzeln stehenden Bastelschuppen. Er schloß die Tür auf, zog sie drinnen leise hinter sich zu, machte aber kein Licht an. Durch die fleckigen Fensterscheiben konnte er auf der einen Seite seinen Garten, auf der anderen Seite das Haus und den Hof sehen. Er legte das Gewehr auf die Werkbank und wartete.

Gegen halb elf sah er eine Bewegung. Jemand stieg vom Nachbargrundstück aus über den Zaun hinten in den Garten. Die Gestalt kam geduckt näher, wobei sie auf eine seltsame Art immer wieder die Hand zum Mund zu heben schien.

Bartuscheit wechselte zum anderen Fenster. Die Gestalt schlich sich jetzt auf den Hof, und in dem Licht, das aus dem wie üblich für Erikas Rückkehr erleuchtet gelassenen Wohnzimmer herüberstrahlte, konnte Bartuscheit sehen, daß es einer der Besucher vom Vormittag war, der Mann im Blouson. Bartuscheit lächelte grimmig in die Dunkelheit.

Wieder hob der Mann auf dem Hof die Hand zum Mund, und jetzt konnte Bartuscheit erkennen, was die Geste zu bedeuten hatte: der Mann blies in eine Art Pfeife, obwohl kein Laut zu hören war. Statt dessen kam plötzlich aus der Waschküche ein schmerzhaftes Schnattern des Affen.

Der Mann im Blouson hielt einen Moment inne, dann war er mit zwei Schritten bei der Tür zur Waschküche. Er machte sich mit irgendwelchen Werkzeugen am Schloß der Tür zu schaffen.

Langsam hob Bartuscheit das Gewehr, zielte und schoß ihm in den Kopf.

Arthur Gordon Wolf

Hunde

Er fluchte laut vor sich hin. Seit über einer Stunde fuhr er nun schon über diese holprige Straße, ohne daß er eine Abbiegemöglichkeit zur Hauptstraße hätte entdecken können. Lausige Gegend, dachte er. Nichts als riesige, nur teilweise bebaute Felder mit einzelnen Waldstücken dazwischen. Der Boden gab anscheinend nicht viel her. Die Leute versuchten es trotzdem. Von Zeit zu Zeit konnte er kleinere Häuser und Gehöfte inmitten der trostlosen Weite erkennen. Die Briefkästen, die an den noch holprigen Zufahrtswegen standen, waren teilweise über einen Kilometer vom betreffenden Haus entfernt. Jeden Morgen ein kleiner Jogginglauf, um die Post abzuholen. Er schaute wieder vor sich auf die Straße. Sie war mit Löchern übersät, so daß er nicht schnell fahren konnte, wenn seine Stoßdämpfer halbwegs intakt bleiben sollten. Das ständige Schütteln ging ihm durch jede Faser seines Körpers und nervte ihn gewaltig. Er fluchte erneut. Wenn er nicht bald eine Abzweigung zur Interstate finden würde, drehte er sicher noch durch.

»Beschissene Idee, vom Highway abzufahren«, murmelte er vor sich hin. Das eintönige Fahren auf der großen Straße hatte ihn jedoch langsam eingeschläfert, die trostlose Umgebung hatte ihr übriges dazu getan. Nirgends gab es ein bißchen Abwechslung für das Auge, nur endlose gelbbraune Weite. Nach und nach war die Fahrt langsamer geworden, so als weigerte sich der Motor, das ohnehin aussichtslose Durchqueren der Unendlichkeit fortzuführen.

»Phill Gray, auf diese Weise kommst du heute ganz gewiß nicht zu Hause an«, hatte er seinem nicht vorhandenen Beifahrer erzählt. Phill war es einfach nicht gewohnt, längere Strecken mit dem Auto zu fahren. Es ging hier aber um seinen zukünftigen Job bei Comp. Tex. Lmtd. Das Vorstellungsgespräch mit einem Mr. Casczynsky oder so ähnlich war jedenfalls recht positiv verlaufen. Falls sie ihm die Stelle gaben – und alles sprach dafür –, würde er keine Sekunde zögern. Die neue Firma war allerdings über 300 Meilen von seinem Heimatort entfernt; sie würden sich eine neue Existenz aufbauen müssen, Beverly und er. Seine Frau würde sich in der neuen Umgebung sicher bald heimisch fühlen. Mit vereinten Kräften hatten sie bis jetzt noch immer jedes Problem aus dem Weg räumen können.

Bei der nächsten Abzweigung war er dann vom Highway abgefahren, um Haddonfield (die nächste größere Ortschaft) auf einer Nebenstrecke zu erreichen. Hier würde bestimmt weniger Verkehr und mehr Abwechslung sein. Er hatte nicht damit gerechnet, daß die Straße *so* schlecht ausgebaut war. Seit Jahren war hier wohl nichts mehr repariert worden. Als Phill nach einiger Zeit nur noch 15-20 Meilen/h fahren konnte, beschloß er, sobald wie möglich wieder auf die Hauptstraße zu wechseln. Was nützte ihm seine gesteigerte Konzentration bei dem Tempo? Seit nun 50 Minuten wartete er allerdings vergebens auf ein Schild, welches ihn wieder zurücklotsen würde. Es gab Wegweiser, oh ja, doch die zeigten Ortschaften an, die vielleicht aus drei oder vier Häusern bestanden. Auf der Autokarte suchte man sie vergeblich. *Harrows 1/2 M – Sheeps's Gate 2M – Swamp Corner 1 1/4 M.* Auf dem Schild, an dem er zuletzt vorbeigefahren war, hatte *Greyfield 3 M* – gestanden. Der Name paßte zu dieser Gegend. Nirgends war der Name Haddonfield oder New Ark, die nächste Stadt nach Haddonfield, zu sehen. Während der Fahrt entfaltete Phill umständlich eine Straßenkarte. Er verfluchte diese blöden Karten, die an den Knickstellen schon nach kürzester Zeit einrissen und sich nach und nach selbst auflösten. Phills drei Monate alte Karte war bereits im Endstadium, oder wenigstens kurz davor. Der alte T-Bird rumpelte so stark, daß er die kleinen Orte auf der Karte nur schwer und verschwommen ausmachen konnte. Er hatte jedoch keine Lust, deswegen anzuhalten; die Zeit lief ihm davon.

Fieberhaft suchte er die Abzweigung, an der er auf diesen Feldweg übergewechselt war. An den Ort konnte er sich noch erinnern. Auf der Karte verliefen bei Oaksea jedoch keine weiteren Straßen als der Highway in West/Ost-Richtung und eine andere in Südwest/Nordost-Richtung. Eine parallele Strecke, auch noch so klein, war nicht zu entdecken. Er versuchte nicht weiter, die winzigen Orte auf der Karte zu suchen. Er befand sich hier wohl auf einer stillgelegten Strecke. Ihm war noch kein Auto entgegengekommen. Phill zweifelte daran, daß der Postwagen diese Strecke täglich fuhr, vielleicht einmal im Monat, vielleicht nie. Er zweifelte daran, daß überhaupt Menschen in diesen Häusern lebten. Nirgends war ein ratternder Traktor zu sehen; selbst Tiere waren nicht vorhanden. Die letzte Schafherde hatte er vor ca. einer halben Stunde gesehen; seitdem nichts.

»In was für eine hinterwäldlerische Gegend bin ich hier bloß gekommen!« Er zerknüllte ein Kaugummipapier und warf es aus dem Fenster. Seine Zigaretten waren verbraucht, und er versuchte nun mit Kaugummi seiner wachsenden Nervosität Herr zu werden. Es gelang ihm irgendwie nicht. Mißmutig biß er auf dem Stück herum. Wenn in dieser gottverlassenen Ecke wenigstens ein Zigarettenautomat zu finden wäre. Er schaute angestrengt über das flache Land, seine Sicht wurde nur zeitweilig von vereinzelten Waldstücken behindert. Von dem verdammten Highway war weit und breit nichts zu sehen.

Nach Greyfield, er entdeckte drei Häuser zu seiner linken, auf die der Wegweiser zeigte, wurde die Straße plötzlich zunehmend besser. Mit jedem Kilometer waren weniger Schlaglöcher vorhanden. Erleichtert konnte Phill das Gaspedal wieder etwas mehr nach unten drükken. Der bessere Zustand der Straße konnte nur ein Hinweis dafür sein, daß der Highway nicht mehr weit war. Die Felder flogen nun an ihm vorbei, er drückte das Gas immer weiter hinunter. Er fühlte etwas wie Erleichterung in sich aufsteigen. So ungefähr hatte er sich seine Nebenstrecke vorgestellt. Er lehnte sich entspannt gegen die Rückenlehne und beobachtete mit Genugtuung den aufwirbelnden Staub im Rückspiegel.

Es konnte nicht mehr lange dauern bis Haddonfield. Die Sonne war bereits über ihren Zenit gewandert, es mußte um ein Uhr sein. Phill schaute auf seine Citizen Quartz: 13:15 Uhr. Die Leute hier, falls es sie überhaupt gab, saßen jetzt wohl am Mittagstisch oder hatten ihr Essen gerade beendet. Phill beschloß, daß er, wenn er die Interstate wieder erreicht hatte, an der nächsten Raststätte eine Kleinigkeit essen würde. Eine kleine Pause würde ganz gut tun. Schließlich saß er schon seit heute morgen um acht Uhr in dieser Kiste.

Als die Temperaturen im Wagen immer weiter anstiegen, kurbelte er das Seitenfenster herunter. Die Luft, die sein Haar zerwühlte, war jedoch viel zu mild, um eine wahre Erfrischung darzustellen.

Nach einer langgezogenen Kurve verlief die Straße über einen Kilometer oder mehr gerade wie eine Linie. Phill konnte sie bis zum Ende, welches ein kleiner Hügel bildete, überblicken. Er konnte es sich einfach nicht verkneifen, nach dieser öden Kriecherei brauchte er etwas Abwechslung. Er drückte das Gaspedal voll durch. Zuerst drehten die Räder im Staub durch, dann schoß der Wagen mit lautem Quietschen nach vorne.

»Na, zeig mal, Thunderbird, ob du deinem Namen noch alle Ehre machen kannst!«

Er genoß das stärker werdende Vibrieren, vereinzelte Schlaglöcher konnten ihn nicht irritieren. Nun war er so entspannt, daß er das Lenkrad nur noch mit Daumen und Zeigefinger beider Hände festhielt. Nach einem kurzen Augenblick schloß er die Augen. Das Gefühl war berauschend. Er spürte den Luftzug, die vorbeizischende Gegend, das starke, unregelmäßige Vibrieren des ganzen Wagens. Es war, als flöge er über die Felder. Er wußte, daß ihm kein Auto entgegenkommen würde, doch irgendwann mußte er die Augen wieder öffnen. Jetzt? Oder sollte er noch etwas warten? Das Gefühl der Freiheit war einfach zu schön.

Er hielt nun das Lenkrad wieder mit beiden Händen. Aus der anfänglichen lockeren Haltung wurde nach und nach Anspannung. Nun mußte er die Augen öffnen, oder er würde unweigerlich aus der nächsten Kurve getragen. Es war ein Spiel mit ständig steigendem Risiko. Er kniff die Augen fester zusammen. Die Knöchel seiner Hände waren nun weiß vor Anstrengung. Nur noch drei Sekunden, dachte er, noch zwei, noch ...

Ein schwerer Schlag erschütterte das ganze Auto, die Räder überfuhren etwas. Phill wurde gewaltsam nach vorne in seine Sicherheitsgurte geschleudert. Automatisch trat sein rechter Fuß die Bremse. Seine Augen waren vor Schreck geweitet.

Großer Gott, er hatte soeben irgendwas oder irgendwen überfahren. Der Wagen brach hinten aus, und Phill konnte ihn nur äußerst schwer durch Gegenlenken und Gasgeben davon abhalten, sich zu überschlagen. Endlich brachte er das schlingernde Gefährt quer auf der Straße zum Stehen. Seine Hände wollten sich fast nicht vom Lenker lösen, so verkrampft waren sie. Als er die Tür öffnete, merkte er, daß er am ganzen Körper zitterte. Schwankend lehnte er sich gegen die Motorhaube. Was sollte er tun? Was würde ihn da hinten erwarten?

Blitzartig durchzuckte ihn ein Gedanke. Er war nicht wild darauf, die Bremsspur zurückzulaufen, um sich ein blutiges Bündel Fleisch anzusehen. Er mußte so schnell wie möglich von hier verschwinden. Gerade wollte er wieder hastig den Wagen besteigen, als er die Frau sah. Sie stand in der geöffneten Tür eines Hauses, das vielleicht 100 m vom Weg entfernt lag. Hatte sie alles beobachtet? Könnte sie sein Auto identifizieren? Ob sie ein Telefon besaß? Wie lange würde er benötigen, um wieder auf den Highway zu kommen; ob die Polizei ihm inzwischen entgegenkam?

Phill beschloß, daß das Risiko zu groß war. Außerdem war es bestimmt nur ein blödes Schaf gewesen, das jetzt dahinten in der Böschung lag. Mit einem Auge auf die Frau, die noch immer im Eingang stand und herübersah, ging er vorne um sein Auto herum, um die Unfallspuren zu betrachten. Auf der rechten Seite war die Stoßstange aus ihrer Halterung gerissen, der Kotflügel und Teile der Motorhaube waren ebenfalls eingedrückt.

Phill hatte Glück gehabt, daß ihm das ›Etwas‹ nicht frontal vor das Auto gelaufen war; bei dem Tempo hätte er leicht Totalschaden haben können. Den unangenehmsten Anblick bot der sonst so chromblitzende Grill, er war zur Hälfte mit dunklem, fast schwarzem Blut bespritzt.

Als Phill näher hinsah, konnte er mehrere dicke Büschel brauner Haare entdecken. Seine Theorie mit dem Schaf fiel also ins Wasser. Es war aber ein Tier gewesen, dessen war er sich nun sicher. Er versuchte es sich wenigstens einzureden.

Unsicher stieg er wieder in den Wagen und startete den Motor. Im Rückwärtsgang fuhr er langsam die Bremsstrecke zurück. Am Anfang der Spur hielt er an. Er sah, daß die Frau etwas aus der Türöffnung getreten war und in seine Richtung schaute. Ihre weiße Schürze glänzte in der Mittagssonne. Es kostete ihn viel Überwindungskraft, aus dem Auto zu steigen. Was sollte er mit dem Tierkadaver machen?

Phill schritt zum Kofferraum und holte eine rot-karierte Decke heraus. Widerwillig und mit einem aufsteigenden Gefühl von Ekel suchte er die Böschung ab. Er hoffte, daß er nichts finden würde, daß die Erde dieses Wesen verschluckt hätte, aber er wußte, daß hier in seiner Nähe ein Stück Fleisch lag, welches den Fliegen und Aasfressern preisgegeben war.

Er brauchte nicht lange zu suchen. Der dunkle Brokken, der teilweise vom hohen Gras und Gestrüpp überdeckt wurde, war einfach zu groß. Phill zwang sich, näher heranzutreten. Der Hund war riesig. Sein Kopf war seltsam nach hinten gebogen, als wenn er versucht hätte, sich mit der Schnauze das Rückgrat zu kratzen. Das Genick war offensichtlich gebrochen. Außerdem hatte ihm der Thunderbird nahezu die ganze vordere linke Pfote zerschmettert. Aus der klaffenden Wunde sickerte langsam Blut in den rotgetränkten Boden. Phill spürte Mitleid mit dem Hund. Als Kind hatte er selbst einen gehabt, einen Schäferhundmischling. Nahezu seine gesamte Kindheit hatte er mit Sly herumgetollt. In den letzten Jahren war Sly jedoch nicht mehr so verspielt und lebendig gewesen. Er war zunehmend ruhiger geworden, und manchmal hörte er nicht einmal mehr auf Phills Ruf. Er legte sich dann einfach hin und döste in der Sonne. Als Phill ihn einmal trotzdem zum Spielen überreden wollte, hatte er plötzlich zugeschnappt. Der Biß war nicht tief gewesen – Sly hätte ihm den ganzen Arm abreißen können – doch es hatte gebrannt wie Feuer. Weinend war er zu seinem Vater gerannt und hatte ihn gefragt, was mit dem Hund nicht stimmte. Phill hatte weniger wegen der Schmerzen geweint; das unverständliche Ende seiner Freundschaft mit Sly hatte ihn viel mehr geschmerzt.

Während sein Vater die roten Punkte mit Jod säuberte, hatte er seinem Sohn erzählt, daß es bei Hunden genauso wie bei den Menschen war. Wenn sie alt wurden, veränderten sie sich. Manche wurden dann sonderlich und gereizt, ohne etwas dafür zu können. Sly hatte mit seinen 14 Jahren nahezu ein vergleichbares Menschenalter von 98 Jahren erreicht.

Kurze Zeit nach diesem Vorfall hatte der Hund plötzlich angefangen zu hinken, und zwei Wochen später war er unbeweglich vor seiner Hütte liegengeblieben und hatte keinen Bissen mehr gefressen. Am nächsten

Morgen war er tot. Phill hatte sehr um ihn geweint, obwohl er ihn gebissen hatte.

Er seufzte. Würde nun wieder ein kleiner Junge in Tränen ausbrechen? Alles nur wegen seiner verdammten Spielerei. Er betrachtete sich den Hund genauer.

Das Tier hatte ein kurzes, braungeschecktes Fell, und hätte es nicht den Kopf eines Schäferhundes oder Wolfs gehabt, Phill hätte es glatt für eine riesige Dogge gehalten. Er konnte sich nicht erinnern, je einen so großen Hund gesehen zu haben.

Er rollte den leblosen Körper auf die ausgebreitete Decke, nahm die beiden Enden zusammen und zog, oder vielmehr versuchte, den Hund zum Wagen zu ziehen. Es kam Phill vor, als wenn er über zwei Zentner hinter sich hätte. Der Schweiß brach ihm vor Anstrengung aus allen Poren aus. Nach unendlichen Mühen lag das Bündel vor dem Kofferraum. Phill wuchtete erst die eine, dann die andere Hälfte hinein. Keuchend blieb er stehen. Kleine Fliegen tanzten wie Miniatur-Geier um seinen Kopf. Es roch nach Blut und Tod.

Mit einem unguten Gefühl in der Magengegend lenkte er den Wagen in den kleinen Feldweg, der zum Haus führte. Die Frau war verschwunden. Phill hielt nur wenige Meter vor dem jetzt wieder geschlossenen Eingang an und stieg aus. Das Haus befand sich in einem mitleiderregenden Zustand. Die Farbe, die überall abblätterte, war wohl vor 50 Jahren oder noch davor aufgetragen worden. Die Gardinen hinter den Fenstern sahen wie große Spinnweben aus. Das Dach mußte bei Regen wie ein Sieb wirken. Niemand war zu sehen, kein Geräusch zu hören. Nicht einmal das verträumte Gackern eines Huhns. Phill lauschte mit angehaltenem Atem, aber ohne Erfolg. Ihm war, als hielte die Natur ihrerseits den Atem an. Eine unwirkliche, lauernde Stille lag über dem Ort.

»Hallo, ist da jemand?«

Phill wartete ab, nichts rührte sich. Hatte sich die Frau im Haus verkrochen? Hatte sie etwa Angst vor ihm? Er pochte kräftig gegen die Eingangstür. Nach kurzem Zögern öffnete er sie und betrat das Innere. Er mußte sich bücken, damit er sich nicht den Kopf anstieß. »Jemand zu Hause?«

Er befand sich in einem schmalen Gang. Auf der rechten und linken Seite waren je zwei Türen. Eine kleine hölzerne Stiege führte hinauf zum ersten Stock. Als die Tür hinter Phill zufiel, mußten sich seine Augen erst an das diffuse Licht gewöhnen. Geradeaus endete der Gang vor einer Tür, die nur angelehnt zu sein schien. Ein schmaler Lichtstrahl drang durch den Spalt. Plötzlich vernahm er ein leises Knurren; scheinbar war oben noch ein Hund. Phill entschied sich jedoch, den Raum vor sich zu inspizieren.

»Hallo, ist hier jemand? Ich hatte einen Unfall. Hallo!!« Er drückte gegen die Tür, die, wie von einer unsichtbaren Feder gezogen, zurücksprang. Phill betrat eine geräumige Küche. Auf dem mit Holz betriebenen Herd standen große Töpfe und Pfannen, in denen gerade das Essen zu kochen schien. Zu diesem Haushalt müssen viele Leute gehören, ging es ihm durch den Kopf, wenn man sich die Töpfe betrachtet.

Die Frau stand dem Herd gegenüber und schaute abwesend aus dem Fenster. Phill klopfte von innen an die Tür. »Guten Tag, Maam. Ich hatte gerade einen Unfall. Mir ... mir ist ein Hund vor das Auto gelaufen. Ein großer brauner. Gehört er vielleicht Ihnen?«

Die Frau drehte sich zu ihm herum. Sie machte auf ihn einen ziemlich zerlumpten Eindruck. Das strähnige Haar hing achtlos herunter und bedeckte teilweise ihre Augen. Sie machte jedoch keine Anstalten, es aus dem Gesicht zu streifen. Das, was man von den Augen sehen konnte, waren zwei Schlitze, in denen es zu glühen schien. Ihre Lippen waren weiß; so fest waren sie aufeinandergepreßt. Ihre von weitem so strahlende Schürze war aus der Nähe betrachtet alles andere als weiß. Sie blickte ihn starr an: »Mörder! Sie ... Sie haben meinen John umgebracht. Ich habe alles mitangesehen. Sie sind wie ein Wahnsinniger die Straße entlanggefahren und haben meinen John einfach überrollt.«

Sie stieß die Worte fauchend, grimmig aus. Tränen liefen ihr aus den bösartigen Schlitzen.

Phill fühlte sich plötzlich wieder schwindlig und schwach. »Es tut mir wahnsinnig leid. Ich verstehe Ihren Schmerz, aber es war nun mal ein bedauerlicher Unfall ... Bevor ich reagieren konnte, war es schon zu spät. Ich werde auch alles versuchen, den Schaden wenigstens finanziell wieder gut zu machen. Nennen Sie mir einen Betrag, und ich stelle Ihnen einen Scheck aus.« Bei den letzten Worten kam er sich richtig schäbig vor, aber was konnte er denn jetzt noch tun?

Sie schaute ihn noch grimmiger an als zuvor, falls eine Steigerung überhaupt möglich war.

Phill schluckte zweimal: »Falls Sie lieber Bargeld haben wollen ... ich will hoffen, daß ich genug dabei habe.« Er schaute sie fragend an.

»Geeeld???!!!« Sie spuckte ihm das Wort förmlich ins Gesicht. »Sie meinen, mit Geld kann man alles wieder gut machen. Oh, diese verfluchten Städter, die mit Geld nur so um sich werfen! Ich will Ihr verdammtes Geld nicht. Ich will meinen John zurück. Geben Sie mir John zurück!!!«

»Aber ... er ist ... John ist tot. Der Hund ist tot, Maam.«

Die Frau schien dies erst jetzt richtig zu begreifen. Sie schlug die Hände vors Gesicht und fiel in ein tonloses Schluchzen. Phill ging langsam auf sie zu, um sie zu trösten. Sie stieß seinen Arm zurück, als wenn eine 10.000 Volt-Leitung sie berührt hätte.

»Fassen Sie mich nicht an. Wagen Sie es bloß nicht!«

Phill wollte gerade etwas entgegnen, als ein leises Winseln oder Fiepen zu hören war. Erst jetzt sah er den Korb, der neben dem Fenster auf der Bank stand. Die Frau ging sofort zur Bank und fing an, den Korb rhythmisch hin und her zu schaukeln. Das Geräusch hörte nach kurzer Zeit auf.

»Entschuldigen Sie, ich wußte nicht, daß hier ein Baby schlief. Ich hätte ...«

»Das geht Sie einen Dreck an!« schnitt sie ihm das Wort ab.

Phill überlegte, was er tun sollte. Die Alte schien nicht mehr alle beieinander zu haben. Eine Frau hätte kaum schlimmer reagieren können, wenn man ihren Sohn überfahren hätte. Er würde jetzt 100 Dollar, oder noch besser 150 auf den Tisch legen und so schnell wie möglich das Weite suchen. Diese Frau bereitete ihm ein deutliches Unbehagen.

Er zog seine Brieftasche heraus und entnahm ihr drei 50 Dollar-Scheine. Die Frau schien gar nicht mehr auf ihn zu achten. Sie schaukelte immer noch das Baby in dem Korb. Phill legte die Scheine gut sichtbar auf den Küchentisch und ging langsam rückwärts zur Tür. Die Frau schaute nicht auf, als er die Tür behutsam hinter sich schloß. Der Flur war nun nahezu völlig dunkel. Phill wußte jedoch, daß er nur geradeaus zu gehen hatte, um auf den Ausgang zu treffen. Die Arme tastend nach vorne haltend, bewegte er sich langsam zur Tür. Kurz bevor er sie erreichte, hörte er wieder das bedrohliche Geräusch aus der oberen Etage. Jetzt war es laut und tief wie das Knurren eines großen Hundes. Die Frau hatte also noch einen. Der Verlust würde ja dann wohl nicht ganz so schlimm sein. Er hoffte nur, daß der Köter dort oben angekettet war. Phill hatte keine besondere Lust, dem lebendigen Gegenstück von John gegenüberzustehen.

Als er die Tür aufriß, stach das gleißende Sonnenlicht blendend in seine Augen. Er beschattete sie mit der Hand, doch es gelang ihm nur schwer, aus seinen Sehschlitzen heraus etwas zu erkennen. Schon immer hatte er Schwierigkeiten damit gehabt, sich veränderten Lichtverhältnissen anzupassen. Wenn er ein Kino verließ, lief er oft für Minuten wie ein Blinder durch die Straßen. Langsam konnte er die Augen wieder ausreichend weit öffnen. Er starrte in den Hof und bemerkte erst beim zweiten Hinsehen, daß sich etwas verändert hatte. Der Thunderbird war weg! Er hatte ihn nur wenige Schritte vom Eingang entfernt geparkt.

Phill strich sich fest mit Daumen und Zeigefinger über die Augenlider. Was er sah, konnte nicht stimmen. Erneut starrte er auf die Stelle, doch der Wagen war nicht mehr vorhanden. Mit einem großen Satz sprang er zu seinem ehemaligen Parkplatz und untersuchte die Reifenspuren. Er hätte doch hören müssen, wenn jemand den Motor angelassen hätte. Die Gauner mußten den Wagen geschoben haben. Er verfolgte die Reifenabdrücke, die deutlich im feinen Sand des Hofes zu erkennen waren. Sie führten in gerader Linie zu einem angrenzenden Schuppen. Genau vor dem Tor hörten die Spuren auf. Es war sonnenklar – die Kerle hatten seinen Wagen hier hinein geschoben. Phill klopfte und pochte wild an das Tor, doch es war mit einer dicken Metallstange und einem Vorhängeschloß gesichert.

»Ihr Schweine!« schrie er laut gegen die Wand. »Ihr glaubt wohl, ihr könnt mich erpressen??! Da habt ihr euch aber bei mir in den Finger geschnitten!! 150 Dollar und keinen Cent mehr bekommt ihr für euren Hund. Für eine Promenadenmischung wie ihn ist das doch dreimal zuviel!!! – Hey!! Habt ihr mich verstanden? Ihr bekommt keinen einzigen Cent mehr von mir! Und wenn ihr nicht augenblicklich mein Auto wieder herauslaßt, rufe ich die Polizei! Die Polizei werde ich rufen, hört ihr, ihr miesen kleinen Amateure!!«

Doch außer einer Tür, die irgendwo im Hauptgebäude zuschlug, war nichts zu hören. Es war eine schreiende Stille für Phill. Irgendwo saßen sie und beobachteten ihn, er war sich dessen sicher. Die Frau!, dachte er. Die Frau wußte bestimmt, wie man mit diesen Dieben umspringen mußte.

Vor Wut bebend machte sich Phill wieder auf den Weg zur Haustür. Er mußte sie zwingen, ihm zu helfen.

Wieder mußte er sich an das Licht, vielmehr das Dunkel im Flur gewöhnen. Er hatte gerade drei tastende Schritte gemacht, als er gegen etwas stieß. Jemand stand vor ihm! Der Schreck ging Phill fast schmerzhaft durch alle Glieder. Er torkelte einen Schritt zurück. »Maam, sind Sie das?«

Nur ein schnaubendes Geräusch war zu hören.

»Mein Wagen. Jemand hat meinen Wagen in Ihre Scheune gestellt, und ich möchte, daß Sie ...«

Er brach abrupt ab. Irgendetwas heißes oder kaltes hatte seinen Magen berührt. Dann kam plötzlich der Schmerz. Phill schrie laut auf, und seine Hände umfaßten an der brennenden Stelle einen Knauf, der in einem Pfuhl heißen Blutes steckte. Die Alte hatte ihm ein Messer in den Bauch gerammt.

Ohne Kontrolle über seinen Körper taumelte er rückwärts zur Haustür. Er stolperte über die Schwelle und fiel schwer wie ein Sack auf den Rücken. Den Fall spürte Phill jedoch nicht; alle verfügbaren Schmerzrezeptoren konzentrierten sich im Augenblick nur auf seinen Bauch. Er mußte die Schmerzen vergessen; der Schmerz lenkte alle seine Gedanken, alle seine Konzentration, die er im Augenblick so nötig hatte, ab. Mit aller Kraft biß sich Phill auf die Unterlippe. Er schmeckte sein eigenes Blut, und dies half ihm irgendwie, einen klaren Gedanken zu fassen.

So schnell wie möglich mußte er aufstehen und davonlaufen, bevor die Frau oder einer ihrer Helfer oder Hunde kam. Er war in das Haus einer Wahnsinnigen geraten, und wenn er nicht bald Hilfe bekam, war er verloren. Mit schmerzverzerrtem Gesicht hob er seinen Oberkörper und zog die Beine an. Er ließ sich nach vorne fallen und stützte sich mit den Armen ab. In dieser knienden Stellung verharrte er erstmal, um neue Kraft zu schöpfen. Die Haustür schlug.

Phill starrte in den Sand und beobachtete, wie kleine rote Tropfen am Griff des Messers entlangliefen und in den Staub fielen. Wenn er nicht bald ärztliche Hilfe bekam, würde er hier verbluten, ausbluten wie ein Opfertier bei einem heidnischen Ritual.

Ein Schatten fiel auf seinen Körper. Er wußte es. Er wußte, daß sie vor ihm stand. Er hob den Kopf und schaute fast direkt in die Sonne. Da trat sie einen Schritt näher, und ihr Schatten fiel auf seine Augen. Sie starrten sich gegenseitig an. In ihren Augen las er einen Haß und eine Wut, die ihm jede Hoffnung nahm. In ihrer rechten Hand blitzte etwas auf. Er wußte auch, was dies war. Sie war noch einmal zur Küche gegangen und hatte es geholt. Als sie ausholte, versuchte er den Hieb mit seiner rechten Hand abzuwehren. Das Messer durchschnitt die Handinnenfläche und seine Kehle wie Butter.

John lag aufgebahrt im Nebenraum der Küche. Um sein gebrochenes Genick war ein Blumenkranz drapiert.

Sie saßen schweigend in der Küche. Ihre sechs Kinder waren um sie herum versammelt. Das kleinste hatte sie in einer Schaukelwiege neben ihrem Stuhl am Kopf des Tisches. Gierige Arme streckten sich nach den großen Töpfen und Pfannen, schmale, behaarte, braune Hände. Sie hielten den Leichenschmaus für John. Sie wußten, daß der Fremde ihren Vater ermordet hatte. Die astdicken Knochen splitterten unter ihren starken Kiefern; besonders die Knochen waren ihr Leibgericht.

Es war jedoch nur ein schwacher Trost, daß sie heute einmal anderes Fleisch als das sonst übliche Wild aßen.

Niklaus Schmid

Didi und die alte Dame

Nahezu gleichzeitig traten sie an den Gemüsestand, der rundliche Mann mit der Stirnglatze und die alte Dame, die sich ein altmodisches Hütchen über ihr weißes Haar gestülpt hatte. Er ließ ihr den Vortritt. Während die Frau zwei Lauchstangen aussuchte, beobachtete sie der Mann aus den Augenwinkeln.

»Macht einsdreißig, Oma Küppers«, sagte die Verkäuferin.

Die alte Dame öffnete die Geldbörse, die sie die ganze Zeit an ihre linke Brust gepreßt hatte, und entnahm ihr ein paar Münzen. Aber die reichten nicht, und so mußte sie für den geringen Betrag einen großen Geldschein anbrechen. Ihre raschen Blicke nach rechts und links machten deutlich, wie unangenehm ihr dieser Vorgang war.

Doch der Mann neben ihr schien nur Augen für die Kisten mit Obst zu haben. Die alte Dame steckte die Lauchstangen in ihr Einkaufsnetz zu dem halben Brot und ging zum Nachbarstand, wo sie eine Tüte Vogelfutter kaufte.

»Wußte ich's doch«, sagte der Mann für sich. »Genau der Typ, der einen Piepmatz hat und die Ersparnisse in der Matratze versteckt.« Der Mann grinste, er hatte so seine Erfahrungen.

Er folgte ihr. Ihre langsame Gangart zwang ihn zu allerlei Manövern. Einmal, als sie urplötzlich stehenblieb, um sich auszuruhen, stieß er beinahe mit ihr zusammen.

Schließlich betrat sie ein Mietshaus, das schon bessere Tage gesehen hatte, aber immer noch einen ordentlichen Eindruck machte. Mit einem Schritt war der Mann am Eingang und hielt seinen Fuß in die sich schwerfällig schließende Tür.

Er lauschte. Ihr Federgewicht verursachte auf den Treppen kaum Geräusche. Doch ab und zu hörte er sie auf einem Treppenabsatz verschnaufen. Oma Küppers, hatte die Verkäuferin gesagt. Nach der Anordnung auf dem Klingelbrett wohnte sie ganz oben. Durch die Stäbe des Treppengeländers sah der Mann, wie die alte Dame ihre Wohnungstür aufstieß.

»Hallo, schauen Sie mal!« rief er und hielt ihr vom letzten Treppenabsatz die Lauchstange entgegen, die er ihr im Marktgedränge aus dem Einkaufsnetz gezogen hatte. »Die ist Ihnen gerade aus dem Netz gerutscht, meine Dame.«

»Ach, wie lieb von Ihnen. Warten Sie, ich komme.«

»Unsinn, ich bringe sie Ihnen.« Schon stand er neben ihr an der halboffenen Tür.

»Herzlichen Dank, Herr ...«

»Hoppe«, sagte der Mann. »Ich wollte zu Schorn.« Er wies mit seinem Doppelkinn hinunter zur Tür der Nachbarn. »Aber anscheinend ist niemand zu Hause, na ja.« Er wandte sich zum Gehen, drehte sich noch einmal um, atmete betont erschöpft und sagte: »Wenn ich Sie um ein Glas Wasser bitten dürfte, die vielen Stufen.«

»Aber ja doch, ich muß nur eben nach Didi sehen.«

Hoppe zuckte leicht zusammen, doch dann hörte er das Kreischen eines Wellensittichs. »So begrüßt mich meiner auch immer«, sagte er, und sein vom Treppensteigen rosig gewordenes Gesicht glänzte vor Tierliebe und allgemeinem Wohlwollen.

»Sie haben auch einen?« fragte die alte Dame lebhaft. »Kommen Sie doch herein, setzen Sie sich.«

»Meiner ist blau und spricht wie ein Wasserfall«, sagte Hoppe, während er die Wohnung taxierte: Vasen mit Spitzendeckchen, gediegene alte Möbel, ein Telefon mit Brokatüberzug – hier war etwas zu holen. Die Frage war nur: wo?

Er hörte die Alte im Flur hantieren, dann vernahm er das Geräusch des Wasserhahns in der Küche. Sie kam mit einem Glas zurück, stellte es vor Hoppe ab und wandte sich dem Vogel zu.

»Schau mal, Didi, das hat Mama ihrem Liebling mitgebracht, und Besuch ist auch da. Das ist der Herr ... wie war doch noch Ihr werter Name?« fragte sie über die Schulter. »In meinem Alter, da läßt das Gedächtnis ...«

Der Mann trat hinter die alte Dame. Er packte ihre Hand so fest, daß die Tüte mit dem Vogelfutter auf den Boden fiel und zerplatzte.

»Schluß mit dem Affentheater! Wo ist die Kohle?« Hoppes Gesicht war noch immer rosig und bieder, jetzt aber mit kalten Augen und einem gemeinen Zug um die Mundwinkel.

»Ich weiß nicht.«

»Wo?« Der Druck seiner Hand verstärkte sich. »Entweder das Geld, oder ...«

Sie starrte ihn nur an, mehr enttäuscht als ängstlich. »Einer alten Frau wie mir kann man mit dem Tod nicht mehr drohen«, sagte sie tapfer.

»Aber vielleicht gibt es ja etwas, was dir doch noch Angst machen könnte, Oma.« Hoppes Blick wanderte zu dem Käfig.

»Bitte tun Sie Didi nichts!« flehte sie verzweifelt. »Ich gebe Ihnen, was ich habe. Doch wo ...?« Ratlos blickte sie in die Runde, dann lief sie in den Nebenraum.

Er ging hinter ihr her, riß im Vorbeigehen das Telefonkabel aus der Wand und sah, wie die Alte im Schlafzimmer den Teppich hochschlug und ein braunes Kuvert hervorzog.

»Na also«, sagte Hoppe. Er öffnete den Umschlag und zählte. Es waren genau fünfhundert Mark, viel weniger als er vermutet hatte. »Und das andere?«

Sie schüttelte den Kopf. »Nur noch der Rest, der vom Einkaufen übrig ist.«

Wortlos schnappte sich Hoppe den Vogelkäfig, trug ihn zur Fensterbank und riß beide Scheiben weit auf. Der Wellensittich flatterte gegen die Gitterstäbe. »Didi lieb, süßer Junge«, plapperte der Vogel und stieß Laute des Erschreckens aus.

Hoppe drehte sich zu der alten Frau, die die Hände vors Gesicht geschlagen hatte. »Ich frage jetzt noch einmal nach der restlichen Kohle, ist die Antwort nicht gut, macht Didi den Abflug. Der freut sich schon auf die Freiheit«, setzte er mit hinterhältigem Grinsen hinzu.

»Aber der Ärmste kann draußen nicht überleben, eine Katze wird ihn fangen, die Spatzen werden ihn totpicken.«

»Ja, das Leben ist hart, meins auch. Wo ist die Kohle?«

Hilflos hob Oma Küppers die Arme. »Mein Enkel hat mir gesagt, man soll nur wenig Geld im Hause aufbewahren.«

»Ein schlechter Tip.« Hoppe öffnete die Käfigklappe. Doch erst nachdem er den Käfig geschüttelt hatte, kam der Vogel heraus. Er flatterte gegen die Vorhänge, klammerte sich dort fest, kreischte und flog schließlich, als die alte Dame voller Verzweiflung auf ihn zustürzte, zum Fenster hinaus.

Hoppe hörte das Schluchzen der Alten und wußte, daß sie die Wahrheit gesagt hatte. Aus Gewohnheit durchsuchte er noch die Bettwäsche, die Teedosen und die sonst üblichen Verstecke, kam zu der Überzeugung, daß wirklich nichts mehr zu holen war, warf noch einen letzten Blick auf die zusammengesunkene Gestalt und ging zur Flurtür.

Es war eine außergewöhnlich stabile Tür, und sie war verschlossen – mit einem außergewöhnlich stabilen Zahlenschloß.

Mit einem Sprung war Hoppe zurück bei der Alten.

»Die Zahlenkombination!« herrschte er sie an.

»Ich weiß nicht, ich habe sie vergessen. Die Aufregung!«

Hoppe strich sich über die Stirnglatze, auf der sich Schweißtropfen gesammelt hatten. »Oma«, sagte er, wobei er sich zu einem sanften Tonfall zwang, »hast du vorher schon einmal die Zahlen von diesem Zahlenschloß vergessen?«

»Ja das habe ich.«

»Und was hast du da gemacht?«

»Meinen Enkel angerufen.« Sie deutete auf das Telefon. »Das Vorhängeschloß mit den Zahlen war seine Idee. Vorher hing da ein normales Schloß, aber von dem hatte ich ständig den Schlüssel verlegt.«

Während Hoppe die Telefondrähte zusammenflickte, fragte er fast beiläufig. »Oma, dein Enkel ist doch nicht zufällig ein Bulle, ich meine, ein Polizist?«

»Aber nein, er ist Schlosser, und Boxer ist er auch. Samstag nachmittags hat er Training, danach kommt er mich immer besuchen.« Sie runzelte die Stirn. »Ist heute Samstag?«

Es war Samstag, und bald auch nachmittag. Jeden Augenblick konnte die Türglocke bimmeln. Hoppe ließ das Telefon fallen. »Oma, was hast du gemacht, wenn dein Enkel mal nicht zu erreichen war?«

»Dann habe ich einfach ...« Ihre Hand zuckte zu den Lippen.

»Was, wo? Los, sag schon!« Es klang wie das Knurren einer Dogge, der man den Knochen verweigert.

»Dann habe ich einfach auf Didis Ring geschaut, es waren nämlich die Zahlen auf dem Ring an seinem Füßchen. Tja, soll ich uns einen Tee machen, Herr ...?«

Hoppe stürzte ans Fenster.

Da war der verflixte Wellensittich! Belästigt von einer Bande Spatzen, tänzelte Didi an der Dachrinne entlang. Es war lediglich eine Frage der Zeit, wann die Spatzen ihn endgültig vertrieben haben würden.

Hoppe machte einen Schritt zurück ins Zimmer. Sein Blick fiel auf Omas Kapotthut. Mit dem altmodischen Filzgebilde in der ausgestreckten Hand beugte er sich wieder aus dem Fenster.

»Didi, Didilein, komm, komm«, lockte Hoppe, den Hut zum Schnappen bereit. Der Vogel äugte interessiert und trippelte tatsächlich heran, näher und näher. Hoppe sah den Ring am Füßchen, sah sogar die Nummer.

Dann sah er plötzlich etwas anderes, den Himmel über sich, die Straße unter sich; sie kam näher, näher ...

»Komm, Didi, komm. So ist brav.«

Der Wellensittich flatterte zum Fenster herein, setzte sich auf den ausgestreckten Finger, legte den Kopf schräg und begann zu krächzen.

»Da bist du ja, mein Didi«, sagte die alte Dame voller Zärtlichkeit. »Der Besuch ist weg, der böse, ist plötzlich weggeflogen. Jetzt kriegt der Junge Körnchen, und Mama macht sich einen schönen Tee.«

Gabriele Wolff

King

Dem ersten Schlag konnte er noch ausweichen. Der zweite streifte seinen Schädel kurz hinter dem rechten Ohr, genau an der Stelle, die vom letzten Mal noch ganz verschorft war und tierisch juckte. Abhauen war nicht mehr drin, er war wie festgenagelt in der Ecke zwischen Kühlschrank und Bierkästen, also riß er nur die Arme hoch und duckte sich. Das Schlimmste waren nicht die Schläge, die kamen zu unkontrolliert, um wirklich zu schmerzen, das Schlimmste war, daß alles so wortlos ablief, nur der keuchende Atem, das Klatschen der Handflächen auf seinen Armen, dem Oberkörper, und jetzt ein Fausthieb in den Magen, der ihm die Luft nahm.

Der Alte würde aufhören, wenn er jetzt schreien würde. Sven biß die Zähne aufeinander, nahm die Arme herunter und starrte seinen Vater an. Der Alte schwankte einen Schritt zurück, wie blöde jetzt sein Gesichtsausdruck, offenstehender Mund, rotgeräderte Augäpfel, in denen die Pupillen rastlos hin- und herschwammen, die zusammengekniffenen Augenbrauen, als ob der Kerl tatsächlich den Versuch wagte, nachzudenken. Der doch nicht. Der konnte doch nur darüber nachdenken, wie er die nächste Pulle Korn ranschaffen sollte.

»Alles klar?« fragte Sven und haßte seine kieksende Stimme fast genauso heftig wie seinen Vater.

»Du – du – ach, laß mich doch«, der Alte machte eine wegwerfende Handbewegung und drehte sich um. Für heute war es jedenfalls vorbei. Als Sven zur Tür ging, saß sein Vater wieder auf dem Küchenstuhl und setzte die Flasche an.

»Wenn ich dich noch einmal in diesem Aufzug sehe, dann kannst du was erleben!« Okay, wenn er das letzte Wort haben wollte, seinetwegen. Sollte er doch weggucken, wenn ihm die Klamotten nicht gefielen. Machte er ja schließlich auch, wenn ihm der Anblick seines Vaters auf den Geist ging. Sven verschwand in seinem Zimmer und schloß die Tür hinter sich zu. Er ging in die Knie, legte sich auf den Boden und angelte einen Pappkarton unter seinem Bett hervor. Er hob den mit Luftlöchern versehenen Deckel hoch. Der vertraute süßliche Geruch schien auf einmal den ganzen Raum auszufüllen.

»Komm her, King«, sagte Sven und faßte in den Karton hinein. Er wartete, bis er die feuchte Nase, die kitzelnden Barthaare und schließlich die zarten Krallen des Tieres auf seiner Handfläche spürte. Dann umschloß er es mit der anderen Hand und holte die Ratte heraus. King musterte ihn mit seinen blanken Knopfaugen und schnupperte neugierig. Sven setzte die Ratte auf sein Bein. King marschierte los. Er wußte genau, was er wollte. Sven lehnte sich zurück, um King die Sache etwas zu erleichtern. Ein paar Mal rutschte die Ratte ab, doch dann hatte sie ihr Ziel erreicht: die Innentasche der abgewetzten Lederjacke, die Sven trug und in der sich immer ein Leckerbissen befand. Heute war es ein Stück Käse von der Sorte, die King besonders gern mochte. Obwohl er eigentlich alles fraß, was nur irgendwie verdaulich war. King verschwand in der Tasche, bewegte sich hin und her auf der Suche nach Eßbarem, fand es schließlich und fraß. Sven konnte die kleinen rhythmischen Bewegungen fühlen, die King beim Fressen machte. Fressen konnte man eigentlich nicht sagen, es war alles so sauber und gründlich, bis auf den letzten Krümel wurde alles verputzt.

»Scheiß mir bloß nicht da rein«, sagte Sven halblaut, als es verdächtig ruhig wurde in seiner Jackentasche. King steckte seinen Kopf heraus und sah ihn irgendwie empört an.

»Hab's ja nicht so gemeint, King. Na, komm her. Aussicht genießen.« Er klopfte auf seine Schulter. King kletterte hoch und setzte sich auf seinen Lieblingsplatz. Er wählte immer die linke Schulter, weiß der Teufel warum. Vielleicht gefiel ihm der Ohrring, den Sven an seinem linken Ohr trug, so ein längliches Glitzerding. Geschenk seiner ersten Freundin, das war auch so ein Tanz gewesen mit seinem Alten. Mach das Ding ab, wie läufst du denn bloß rum, jetzt hab ich nicht nur 'nen Versager, jetzt ist der Typ auch noch schwul und all den Scheiß hatte der abgelassen. Dagegen waren die Lehrer ja noch richtig human, so einen Schrott hatten die nicht gelabert. Immer und immer wieder ging es dem Alten nur um die Fassade. Klamotten und Noten und Frisur und all der Mist. Dabei war er selbst ein Versager, auf der ganzen Linie. Wenn Mama nicht gestorben wäre, wäre die ihm garantiert abgehauen. Und hätte ihn mitgenommen. Garantiert.

Er sah King an, dessen Schnauze so nah vor Svens Augen war, daß er ihn nur verschwommen sehen konnte. Sven schloß die Augen, die plötzlich tränten. Kam wohl von der Zugluft. Hastig stand er auf und schloß das Fenster. Im Fensterglas sah er seinen Umriß. Sven und King. Sah gut aus.

Viel später, es war schon Nacht, schloß er sein Zimmer auf und ging den dunklen Flur entlang zur Toilette. Wahrscheinlich war er zu müde gewesen, sonst wäre das alles nicht passiert. So war er nur geschockt, als er seinem Vater gegenüberstand, der sich gerade den Hosenstall zumachte. King hatte keine Chance.

»Jetzt ist Schluß, Schluß, aus!« brüllte sein Vater, schnappte sich die Ratte und schmiß sie ins Klo. Sven sagte nichts, machte nichts, registrierte nichts, stand einfach nur da, von einem so tiefen Entsetzen gepackt, daß er erst hinterher verstand, wirklich verstand, was sein Vater da tat. Den Klodeckel schließen, sich draufsetzen und abdrücken, abdrücken, immer wieder abdrücken. Das Wasser rauschte, aber dann war da noch so ein schrilles Pfeifen zu hören, am Anfang laut, dann immer schwächer, am Ende nur noch das Rauschen. Dann stand der Alte auf, sah hinein, riß ein Handtuch vom Haken und fischte etwas aus dem Klo, etwas Längliches, Tropfendes, Pelziges. »Das fehlt noch, wenn die Rohre verstopfen, und wir dürfen dann den Klempner bezahlen«, lallte er. Er ging in die Küche.

Sven hörte, wie der Deckel des Abfalleimers herunterknallte. Er begann zu würgen.

In seinem Zimmer rauchte er eine Zigarette. Als er sie ausdrückte, war er ganz ruhig. Der Karton, in dem King gewohnt hatte, stand noch mitten im Zimmer. Wie der süßliche Geruch. Sven wußte, was er zu tun hatte.

In der Küche war es dunkel, nur die Leuchtziffern der Uhr strahlten ein grünliches Licht aus. Ein Klirren vom Balkon des Wohnzimmers verriet, daß der Alte da gerade schön ordentlich die Überreste seiner heutigen Sauferei entsorgte. Sven ging in das Wohnzimmer, mit langsamen Schritten; er stand vor der offenen Balkontür und sah seinem Vater zu, der sich schwankend am Balkongeländer festhielt und irgendetwas vor sich hinmurmelte. Etwas von »Scheißleben« und daß die Alte es nun so viel besser habe, still und ruhig auf dem Friedhof.

Sven räusperte sich.

Sein Vater fuhr herum.

»Was ist ..., wieso ...« Das Licht aus dem Wohnzimmer fiel auf sein zerstörtes Gesicht mit den aufgerissenen Augen. Sven machte einen Schritt auf ihn zu, mit der Gelassenheit eines Siegers. Der Alte wich aus, bis er mit dem Rücken zum Geländer stand. Er hob beide Hände wie zur Abwehr gegen einen tödlichen Hieb. Doch Sven holte nicht aus, schlug nicht zu, er stand einfach nur da und beobachtete den Alten, dessen Gesichtszüge von nackter Angst verzerrt waren.

»Tu das weg, hau ab, es ist tot«, keuchte er.

Sven schüttelte den Kopf, als ob er seinen Vater nicht verstünde. Er betrat den Balkon.

»Was hast du denn? Ist alles klar mit dir?« Er sprach so leise, daß seine Stimme erwachsen und tief klang. Der Alte reagierte so, wie er es sich vorgestellt hatte: er sah um sich, in höchster Panik, suchte einen Fluchtweg und fand keinen. Am Ende preßte er die zu Fäusten geballten Hände vor die Augen und wimmerte.

»Hör mal, Papa, jetzt ist es aber gut. Was ist denn los? Siehst du Gespenster? Jetzt hat es dich erwischt, das ist der Suff. Eines Tages mußte das ja so kommen.«

Es war so einfach. Es reichte, seinen Vater zu berühren. Nur die rechte Hand auszustrecken und seinen Arm anzufassen. Der Alte zitterte am ganzen Leibe.

»Nun komm schon rein, du holst dir noch den Tod hier draußen.« Sven redete jetzt etwas lauter, aber noch immer mit dieser erwachsenen Stimme, die er von nun an immer haben würde. Das wußte er genau. Im Nachbarhaus gingen Lichter an.

Der Alte schrie. Unkontrollierte Laute, Wortfetzen, die kein Mensch verstehen konnte. Er warf einen letzten Blick auf seinen Sohn, der unbewegt dastand. Dann kletterte er über das Geländer und ließ sich fallen. Gleichzeitig mit seinem Schrei wurde die Balkontür des Nachbarhauses aufgerissen.

»Um Gottes willen«, schrillte Frau Urban. Sie trug ein langes weißes Nachthemd und sah aus wie ein Gespenst. »Warum hat er das nur gemacht?«

Sven trat zum Geländer und sah hinunter.

»Keine Ahnung«, murmelte er. »War wohl ein Delirium oder so was. Was meinst du, Queenie?« Er streichelte die Ratte, die auf seiner Schulter saß.

Claudia Vocke

Die Rivalin

Stöhnend öffnete sie die Augen und versuchte sich zu erinnern, warum sie auf dem Marmorboden in der Eingangshalle ihrer Villa lag, unfähig sich zu bewegen.

Zwei Augen starrten sie unverwandt an. Nur wenige Zentimeter von ihrem Gesicht entfernt hockte Ida und beobachtete sie. Schlagartig fiel ihr alles wieder ein.

Sie hatte versucht, Ida umzubringen. Das heißt, zuerst wollte sie eigentlich nur den Kronleuchter in der Halle entstauben. Aber als sie dann oben auf der Leiter stand und beim Heruntersehen Ida entdeckte, hatte sie die Vorstellung, die schwere Glaskuppel genau auf Ida fallen zu lassen, mit grausamer Befriedigung erfüllt. Besondere Genugtuung hatte ihr dabei der Gedanke bereitet, daß ausgerechnet dieses alte Familienerbstück, an dem Hubert so sehr hing, Idas Leben beenden helfen sollte.

Sie hatte sich ergötzt an der Vision, wie Idas Panzer in tausend Stücke zerspringen würde. Dieser undurchdringliche Panzer, der ihr Schutz bot vor allen Anfeindungen ihrer Umwelt und in dem sie sich bei jeder Gelegenheit feige verkroch.

Hubert würde keinen Verdacht schöpfen. Ein Unfall im Haushalt – wie er tagtäglich vorkommt. Hubert – ihr Mann. Der Gedanke an ihn ließ sie wieder schmerzvoll aufstöhnen.

Sie erinnerte sich, wie sie Ida am Anfang ihrer Ehe in einem kleinen Zoogeschäft entdeckt und kurzerhand gekauft hatte, um sie Hubert beim Abendessen unter einer silbernen Menühaube als Überraschung zu servieren.

Hubert war entzückt gewesen. Er hatte Ida vom ersten Augenblick an mit Interesse und Aufmerksamkeit behandelt, was bei ihr schon damals einen Anflug von Eifersucht hervorrief.

Im Laufe der Jahre hatte sie gemerkt, daß Hubert in gewisser Hinsicht Ida sehr ähnlich war. Genau wie Ida war er dickfellig und phlegmatisch.

Nach jedem Streit hatte sich Hubert immer mehr von ihr zurückgezogen und sich mit einem undurchdringlichen Panzer aus Gleichgültigkeit und Desinteresse gewappnet. Zu Hause hatte er sich nur noch hinter seinen Akten im Arbeitszimmer verbarrikadiert. Zunächst hatte sie mit Zärtlichkeit, Liebe und Geduld versucht, ihn wieder zu gewinnen. Als sich jedoch immer deutlicher abzeichnete, daß sie einfach nicht zueinander paßten, hatte sie getobt, geschrien und geheult. Ohne Erfolg.

Sie haßte Ida. Ein dummes, häßliches, seelenloses Wesen, das Hubert unverständlicherweise ohne jede Anstrengung zu fesseln vermochte. Er konnte sich stundenlang mit Ida beschäftigen, streichelte vorsichtig ihren faltigen Hals und beobachtete sie interessiert beim Fressen. Er hatte ihr sogar eigenhändig ein kleines Gehege im Garten errichtet.

Manchmal hatte sie es nicht mehr ertragen können, und sie hatte Ida gequält. Wenn Hubert nicht im Hause war, hatte sie sich Ida geschnappt, auf den Rücken gelegt und sich daran ergötzt, wie Ida sich abstrampelte, um wieder auf die Beine zu kommen. Einmal hatte sie Ida auf das hohe Bücherregal in der Bibliothek gelegt, damit sie dort verreckte. Aber Hubert hatte Ida noch rechtzeitig entdeckt und aus ihrer mißlichen Lage befreit. Von da an hatte er sie nur noch mit unerträglicher Verachtung gestraft.

»Wenn du Ida etwas antust, verlasse ich dich«, hatte er gesagt.

Von da an hatte sie Ida in Ruhe gelassen.

Verlassen wegen einer Schildkröte. Der Gedanke ließ sie bitter auflachen. Aber da waren sofort wieder diese unerträglichen Schmerzen. Wie lange lag sie nun schon so. Sie konnte sich immer noch keinen Zentimeter bewegen. Ihre Wirbelsäule mußte verletzt sein. Langsam kam Panik in ihr auf.

Heute morgen hatte Hubert seinen Koffer gepackt und war auf eine zweiwöchige Geschäftsreise gefahren. Beim Hinausgehen hatte er sie teilnahmslos angesehen und lakonisch verkündigt: »Wenn ich zurückkomme, werde ich die Scheidung einreichen.«

Sie war wie betäubt gewesen. Die Worte hatten nicht vermocht, in ihr Bewußtsein zu dringen. Hektisch hatte sie sich in ihre täglichen Arbeiten gestürzt, um bloß nicht nachdenken zu müssen. Als sie dann oben auf der Leiter gestanden hatte, mehrere Meter über dem Hallenboden, hatte sie grenzenloser Haß überwältigt. Sie würde es ihm heimzahlen. All die Jahre. Wenn sie Ida verletzte, würde sie ihn verletzen. Vorsichtig hatte sie die Glaskuppel von dem Lüster genommen und vor Aufregung gezittert bei dem Gedanken, daß Ida gleich zerschmettert zu ihren Füßen liegen würde. Aber da hatte sich Ida unerwartet mit einer für sie erstaunlichen Geschwindigkeit von der Leiter weg bewegt. Sie hatte sich weit nach vorne beugen müssen, wollte sie Ida noch treffen. Dabei hatte sie plötzlich das Gleichgewicht verloren und war vornüber gekippt. Sie hatte noch die Glaskuppel losgelassen, um Halt zu finden, aber nur ins Leere gegriffen.

Jetzt lag sie bewegungslos auf dem Hallenboden. Sie dachte daran, daß keiner kommen würde, um ihr zu helfen. Hubert war für zwei Wochen auf Geschäftsreise. Die Haushälterin hatte sie gestern im Streit entlassen. Ihr dämmerte, was das bedeutete.

Nur Ida war da. Ida hockte immer noch unbeweglich da und starrte sie an. Jetzt setzte sie sich jedoch in Bewegung, drehte sich majestätisch um und überließ sie sich selbst.

Hartwig Liedtke

Dackelliebe

Josef Odenthal sprang von seinem Traktor und strauchelte. Um nicht zu stürzen, griff er ins grobe Profil des mistverschmierten Hinterrades. Ihm war wieder schwindelig – und diese Kopfschmerzen ... Vielleicht sollte er doch mal zu einem richtigen Arzt gehen. Ruthemüller hatte doch keine Ahnung.

Nachdem Odenthal seine verschwielten Hände im Gras abgewischt hatte, holte er aus dem Schuppen eine Schaufel. Den Holzstiel schob er durch den verrosteten Eisenring. Dann hob er mit einem kräftigen Ruck die schwere Betonplatte über der Jauchegrube an und hebelte sie zur Seite. Sein Rücken meldete sich wieder. Aber sollte er deswegen um Hilfe bitten? – Zeitlebens hatte er solche Kleinigkeiten allein erledigt.

Ihm schlug ein beißender Gestank entgegen. Selbst Julchen, die sonst keinen Meter von der Seite ihres Herrchens wich, nahm Reißaus. Der Bauer kniete nieder, holte tief Luft und beugte sich vor, um in die Tiefe zu spähen. Die Dunkelheit war gewöhnungsbedürftig. Eine Fuhre noch, so schätzte er, und der stinkende Job war erledigt.

Plötzlich spürte er erneut einen Schlag im Rücken. Er kippte vornüber, erwischte gerade noch die gegenüberliegende Betonumrandung und konnte sich abstützen. Julchen bellte. Da knickte sein rechter Arm weg. Noch ehe er begriff, was passierte, stürzte er in die Tiefe. Mit lautem Klatschen versank Odenthal im schwarzbraunen Modder.

Mehrmals rutschte er auf dem glitschigen Boden aus, bevor er auf die Beine kam. War es die Anstrengung oder der Gestank, was ihm den Atem nahm? Wieder drehte sich alles. Mit seinem sauber gebliebenen Schnupftuch rieb er sich den Schlick aus den Augen. Schwein gehabt! Wäre die Grube leer gewesen, hätte er sich das Genick gebrochen. Daß er einmal Scheiße sein Leben verdanken würde ... Sein befreites Lachen hallte von den nackten Wänden wider.

Die Luft war knapp. Er mußte schleunigst hier raus. Aber wie? Das schöne, himmelblaue Quadrat über ihm war hoch.

»Hallo! Hört mich keiner?!« Nur Julchen bellte und kläffte. »Martha!« In der Finsternis suchte Odenthal nach einem Haken oder Mauervorsprung. Nichts. Er saß in der Falle.

Der Geruch war nicht mehr so schlimm, aber die Luft! »Hey!« schrie er mit seiner gewaltigen Stimme, die schon manche Genossenschaftsversammlung zum Erzittern gebracht hatte.

»Holt mich hier raus!« Er atmete tief, aber seine Gedanken wurden nicht klarer. Er taumelte. Luft! – Dort oben gab es soviel davon, nur anderthalb Meter entfernt! »Martha ...«

Jule jaulte und knurrte. »Martha – verdammt noch mal ...« Es war mehr ein Sprechen als ein Rufen.

Da – ein dumpfer Schlag. Julchen jaulte zum Gotterbarmen. Fluchte da nicht jemand? Sterne tanzten vor Odenthals Augen. »Hallo?« Überall um ihn herum schienen Blasen zu zerplatzen.

Plötzlich ein Kreischen, etwas Dunkles flog an seinem Kopf vorbei und klatschte neben ihm in die Jauche. Es war Julchen, die sich mühsam an die Oberfläche zu strampeln versuchte.

»Jule!« Der Bauer schnappte sich das Tier und zog es hoch. »Mein treues Julchen.« Streichelnd versuchte er das aufgeregte Tier zu beruhigen. Der Hund schüttelte sich kräftig, daß die Gülle nur so spritzte. Brocken flogen ihm ins Gesicht. Er lachte. »Du altes Ferkel!« Für einen Moment war der Schrecken vergessen. Helle Blitze tanzten vor seinen Augen. Das Rechteck über seinem Kopf begann zu zerfließen.

Plötzlich durchfuhr ihn ein Gedanke: Martha! Wer sonst konnte wissen, daß er zur Jauchegrube wollte! Die ständige Nörgelei, das Gefasel von Scheidung ... Sie hatte ihm einen Schubs gegeben, was sonst! Das Bellen des Hundes wurde leiser. »Mar-tha – du – Schlam-pe!« Was war jetzt mit seiner Stimme los? Julchen wurde auffallend brav und ließ ihren Kopf hängen.

Mit letzter Anstrengung versuchte Odenthal, das Tier nach oben durch die Öffnung zu werfen – vergeblich. Noch nie war ihm Julchen so schwer erschienen. Martha!

Verzweifelt suchte er nach dem Schlüsselbund. Ihm blieb nicht mehr viel Zeit ...

»Zwei Mann schnell hierher!« kommandierte der Einsatzleiter.

Ein Feuerwehrmann mit Schutzanzug und Gasmaske schob sich langsam durch die Betonöffnung nach oben ins Freie, die Gasflaschen auf dem Rücken und die Leiter ließen ihm nicht viel Platz.

»Wie sieht es aus?« wollte der Chef wissen.

Nur Kopfschütteln war die Antwort. Sofort halfen ihm zwei Kollegen aus der stinkenden Montur.

Zwei andere Feuerwehrleute ergriffen unterdessen das mitgebrachte Seil, dessen anderes Ende im Loch am Boden verschwand. »Alles klar, da unten?«

»Fertig! Ihr könnt jetzt ziehen!« hallte es aus der Tiefe.

Rumpelnd förderten sie die schwere Bahre ans grelle Tageslicht, auf der Josef Odenthals lebloser Körper festgeschnallt war. Er hielt immer noch seinen Dackel im Arm.

»So haben wir ihn da unten gefunden. Keine Ahnung, wer von den beiden zuerst gestorben ist.«

»Unzertrennliche Freunde!«

»Bitte nehmen Sie Platz, Herr Kommissar.«

Der beleibte Beamte bedankte sich und setzte sich auf den ihm zugewiesenen Stuhl am oberen Ende des langen Holztisches.

»Hier saß auch der Verstorbene«, bemerkte Franz Odenthal, offenbar vom tragischen Unfall nicht tief ergriffen, »von hier aus hat er seine Familie tyrannisiert!«

»Franz!« rief Irmgard, die ältere Schwester des Toten. »Wie redest du über deinen Bruder!« Da sie unverheiratet war, hieß auch sie Odenthal wie manch anderer in diesem kleinen Dorf im Bergischen.

Fast die gesamte Familie war inzwischen eingetroffen und hatte sich in der Küche versammelt. Die Kunde vom tragischen Tod des Bauern hatte sich wie ein Lauffeuer verbreitet.

Lediglich Thomas, der jüngste Sohn des Bauern, seines Zeichens Student der Philosophie in Berlin, war noch unterwegs hierher.

Der Hauptkommissar befreite den geplagten Jackenknopf von seiner angespannten Aufgabe, fischte einen zerfledderten Spiralblock samt Kuli aus der rechten Innentasche und rückte seine Halbbrille zurecht. Er räusperte sich. »Sie könnten mir und sich viel Mühe ersparen, wenn Sie sich bitte nacheinander vorstellen und kurz Ihr Verhältnis zum Verstorbenen skizzieren würden. Sollte jemand aus persönlichen Gründen jetzt oder vor versammelter Mannschaft nicht aussagen wollen, so habe ich dafür vollstes Verständnis. Wir werden unser Gespräch dann zu einem späteren Zeitpunkt nachholen.«

Martha, die 15 Jahre jüngere, durchaus hübsch zu nennende Frau des Bauern entzog sich dem fragenden Blick des Kommissars und schwieg. Das Drama war ihr sichtlich nahegegangen.

Der große stattliche Herr neben ihr warf sich in die Brust. »Das muß ja jetzt nicht sein!« Er nahm schnell die Hand vom Knie der Witwe und legte tröstend seinen Arm um ihre Schultern. »Sie sehen doch, daß sie schrecklich leidet! Mein Name ist Georg Brück. Ich bin der Architekt am Ort und kenne diese Familie schon seit vielen Jahren. Ich bin – ähm – ich war ein guter Freund des Toten.«

Neben ihm kauerte Therese Odenthal, die Mutter des Verstorbenen, gezeichnet von den schweren Folgen eines Schlaganfalls. Obwohl sie mit ihrer Halbseitenlähmung weder sich selbst versorgen noch sprechen konnte, brachte es niemand übers Herz, die alte Frau, die auf diesem Hof das Licht der Welt erblickt hatte, in ein Pflegeheim abzuschieben. Ihr Hörvermögen schien nicht gelitten zu haben, wie man an den blitzenden Augen unschwer erkennen konnte.

Irmgard, die unverheiratete Schwester des Toten, entpuppte sich als sehr umgängliche Person, die gute Seele der gesamten Familie und enge Freundin von Martha. Befragt nach dem Verhältnis zu ihrem verstorbenen Bruder, brach es plötzlich aus ihr heraus: »Er war ein widerlicher Kerl! Ein ungehobelter Klotz, der mit jedem im Streit lag.«

»Aber Irmgard!« versuchte Marthas seidige Stimme sie zu besänftigen.

»Ein Dreckschwein. Alle haben ihn gehaßt! Möge er in der Hölle schmoren!«

»Irmgard!? Versündige dich nicht!«

»Unser lästiger Fresser!« lachte Franz, der jüngste Bruder des Toten, lauthals auf. »Das dürfen Sie nicht so ernst nehmen, Herr Kommissar, hahaha. Meine Schwester ist sonst ganz friedlich. Aber wenn man jahrelang gequält und mehrmals täglich als Schmarotzer gehänselt wurde ... Ich würde mich nicht wundern, wenn *sie* den Josef ...«

»Du mit deiner bankrotten Tischlerei!« funkelte Irmgard böse. »Hat dich nicht der Alte um dein Erbteil betrogen? Jedem heulst du damit die Ohren voll! Sag's doch dem Kommissar! Hör'n Sie, Herr Kommissar?«

Der nickte nur und kritzelte fleißig. So machte Verhören Spaß. Es ging doch nichts über Familienharmonie.

»Er hat uns alle kujoniert! Nur um meiner armen Mutter Willen habe ich die Familienbande nicht endgültig durchtrennt!« Nach seinen Worten senkte Jürgen, der älteste Sohn des Bauern, seufzend den Blick.

»Lehrer? Oder Theologe?« fragte der Kommissar.

»Lehrer! Wieso ...«

Allgemeines Grinsen.

Keiner, einschließlich des Knechts Friedrich, der den Toten entdeckt hatte, schien das Ableben des Bauern sonderlich zu bedauern, mit Ausnahme von Monika, der zweitältesten Tochter und Papas Liebling. Mit versteinertem Gesicht ertrug sie die verächtlichen Äußerungen über ihren Vater.

Nachdem sich die Wogen wieder etwas geglättet hatten, räusperte sich der Kommissar. »Meine Damen und Herren! Bei unserer Tatortbesichtigung sind wir auf etwas gestoßen, das Licht in diesen Fall bringen könnte.«

Man wurde hellhörig ...

»Im Todeskampf ritzte Josef Odenthal noch zwei letzte Worte in die Kalkmauer.«

Es wurde mucksmäuschenstill. Oma Theresas Augen flackerten.

»Martha war's!«

Nachdem der erste Schock verwunden war, brach ein Sturm der Entrüstung los.

»Eine Unverschämtheit!«

»Das haben Sie sich nur ausgedacht!«

»Das ist blanke Provokation!«

»Meine Schwägerin war den ganzen Morgen in diesem Raum! Das kann ich bezeugen!« konstatierte Irmgard, immer noch atemlos vor Empörung.

Jeder war viel zu aufgeregt, um Oma Theresas Lächeln zu registrieren.

Der Kommissar kam mit dem Schreiben gar nicht hinterher.

Nun folgte ein weiteres Feuerwerk von Klagen über den Toten. Er hätte sich in jüngster Vergangenheit sehr verändert, hieß es. Verfolgungswahn und wachsende Isolation von der Gemeinschaft hätten sein Leben bestimmt. Einziger Vertrauter schien der allseits verhaßte Dackel zu sein, mit dem er bei manch irrsinnigem Dialog ertappt worden wäre. Geiz und Altersstarrsinn wurden ebenso angeprangert wie eklatante Mißwirtschaft.

Kritik äußerte sogar der Architekt Herr Brück, der nicht nur schön reden, sondern auch offenbar nicht verwinden konnte, daß der Bauer einen Teil seiner zum Siedlungsgebiet erklärten Ländereien partout nicht verkaufen wollte.

Jedem war schleierhaft, wie man einen derart großen Hof mit dem reichen Viehbestand und den riesigen Ländereien so herunterwirtschaften konnte, daß kaum mehr als das zum Überleben Nötigste blieb. Einhelliger Schluß: Odenthal mußte schwerkrank und verwirrt gewesen sein.

»Einmal, Herr Kommissar«, Irmgard begann konspirativ zu flüstern, »hat er Julchen, seinem Dackel, doch tatsächlich einen Pullover gekauft.«

Klirrend zerschellte ein Suppenteller auf dem Küchenfußboden, den Therese Odenthal mit ihrem Krückstock vom Tisch gefegt hatte.

Ein klassischer Fall von Verarmungswahn, dachte der Kommissar, so schlecht scheint es der Familie doch nicht zu gehen. Gut, alle Beteiligten kleiden sich nicht gerade in Samt und Seide, selbst der stolze Herr Brück trägt eine ausgefranste, graue Hose, aber schließlich haben trotz der angeblich katastrophalen Wirtschaftsführung des Bauern alle Familienmitglieder ihr Auskommen, sogar die drei Kinder, die ohne Inanspruchnahme von BAFöG studieren konnten. Der Hauptkommissar blieb mißtrauisch.

Das änderte sich erst, als Hausarzt Dr. Ruthemüller den Kopf zur Tür hereinsteckte. »Ich habe rein zufällig vom furchtbaren Unfall meines Skatbruders gehört! Seit Monaten habe ich ihn gewarnt! Ich bin zwar an die ärztliche

Schweigepflicht gebunden, aber daß Juppi seit längerem diese Schwindelattacken hatte, ist ja jedem bekannt gewesen.«

»Vergessen Sie nicht die Kopfschmerzen und seine Vergeßlichkeit«, ergänzte Knecht Friedrich.

»Sie sagen es«, fuhr Ruthemüller fort. »Augenfällig war seine Affektlabilität, die sehr schnell zwischen übertriebener Vertrautheit und geradezu pathologischer Verschlossenheit schwanken konnte. Und dann diese Schwächeanfälle! Manchmal sind dem Bauern einfach die Beine weggeknickt. Ich hätte nicht viel darauf gegeben, er war ja nicht mehr der Jüngste, wäre nicht kürzlich ein Rind auf ganz merkwürdige Weise verendet.«

Was ist, wenn der erst seine Schweigepflicht bricht, dachte der Kommissar.

»Ich habe sofort an Rinderwahnsinn gedacht!« Ruthemüller redete sich in Rage. »Dieses Tier hatte alle klassischen Symptome von BSE, der Bovinen Spongiformen Enzephalopathie!«

Er war sichtlich stolz, diesen komplizierten Fachausdruck so flüssig herausgebracht zu haben. »Ich hatte Juppi dringend abgeraten, billige Rinder aus England zu importieren! Dieser Leichtsinn! Nur aus Kostengründen! Jeder kennt doch die lächerlichen EG-Bestimmungen: Ein englischer Betrieb braucht nur ein paar Jahre seuchenfrei zu sein, und schon darf er sein Rindvieh exportieren. Und das, obwohl erwiesen ist, daß BSE erst sieben bis neun Jahre nach der Infektion erste Symptome zeigt. Eine Schande! Und dann Juppis ausgeprägte Leidenschaft für Tartar. Meine klare Diagnose: die Creutzfeld-Jakob-Erkrankung. Dies ist vielleicht der erste Fall in Deutschland, in dem die Rinderseuche BSE auf einen Menschen übertragen wurde. Einmal mußte es soweit kommen! Alles nur eine Frage der Zeit! Wer weiß, ob sein Dackel nicht unter den gleichen Symptomen gelitten hat?! Wie oft hat Odenthal sein über alles geliebtes Julchen mit Tartar gefüttert? Die Übertragbarkeit der Krankheit auf andere Säugetiere ist schließlich im Rattenexperiment bestätigt worden. Wäre sonst das arme Tier in die Jauchegrube gesprungen, und damit in den sicheren Tod? Gewiß nicht! Mit hündischer Anhänglichkeit kann man nicht alles erklären.«

Ruthemüllers Vortrag hatte seine Wirkung nicht verfehlt. Die gesamte Trauergesellschaft einschließlich des Hauptkommissars hing dem Arzt an den Lippen.

Es klopfte.

Zögernd öffnete sich die Tür, und Kriminalkommissaranwärter Ziegenhagen streckte seinen Kopf herein. »Darf ich einen Moment unterbrechen, Chef?«

»Was gibt's denn?« fragte der Hauptkommissar unwirsch.

»Das haben wir im Maul vom Dackel gefunden!« Zwischen Daumen und Zeigefinger baumelte ein graues Stück Stoff.

»Grau?« fragte der Hauptkommissar. »Darf ich noch einmal einen Blick auf Ihre Hose werfen, Herr Brück?!«

Thomas Kley

Unter Gänsen

In der Gänsekolonie vor Ekas Haus gab es in den Tagen, von denen es zu berichten gilt, nur ein Thema: Gibt es ein Leben nach dem Topf? An den Abenden, wenn sich die Gänse zum Schlafen um den Fischzuchtteich versammelten – ab und zu lauschten sie dem Forellenquintett -, konnten sie oft ob der erhitzten Diskussion nicht zur Ruhe kommen, und sie gerieten sich ins Gefieder.

»Gibt es ein Leben danach? Was spielt das für eine Rolle?« zuckte Gerwine, die Reservierte, resignierend mit dem Kopf.

»Wir werden immerhin noch Hauptdarsteller in der Casserolle«, warf Gertraut, die Geschmacklose, lachend ein.

»Dir ist wohl nichts heilig«, keifte Gardine, die Schleiertragende.

»Gemach, ihr dummen Gänse«, versuchte Gesine, die Gefüllte, zu beschwichtigen.

»Ist es dir etwa egal, was aus uns wird, daß wir verbrüht, gerupft, gefüllt, bestreut, gebraten, gevierteilt und gefressen werden und daß unsere Seele vielleicht nur durch einen Rülpser entweicht, oder gar noch später?« Gisela, die Muskulöse, schüttelte sich bei ihren eigenen Worten.

Gundula, die Vorbestellte, sagte nur leise: »Können wir was tun?« und sah versunken aufs Wasser.

Darauf hatte der Karpfen Karlo, der nicht aus dem Fischzuchtbecken stammte, lebend schon aus einigen Badewannen entwichen war und deshalb über einen großen Erfahrungsschatz verfügte, nur gewartet. Er nutzte die seltene Atempause im Gänsedisput und näselte: »In meiner Heimat gibt es ein Sprichwort, das lautet: Zwischen Tür und Angel kommt der Fisch ums Leben.«

Gänse sind nicht notgedrungen dumm, aber der schlüpfrigen Logik der Fische zu folgen, ist ihnen nicht gegeben.

Als Gerda, die Frische, dem Fische zurief: »Bist du etwa ein Butt?«, sagte der nur »Quatsch« und war verschwunden.

Und so endete also dieser Abend am Fischzuchtteich in der Gänsekolonie vor Ekas Haus, ohne daß geflügelte Worte noch ein Ergebnis hätten herbeiführen können. Die Sonne beschien längst anderes Gefieder, als die letzten Schnäbel in solchem verschwanden, und im Teich fand sich kein Fisch, der noch ein Wort zu sagen gehabt hätte. Fische sind bekannt und beliebt dafür.

Ein Lichterfest war ins Land gegangen, Martin Halbmantel war an der Gänsekolonie vorbeigeritten und hatte ihr schwere Verluste zugefügt. Es ging auf einen Geburtstag zu, seit Menschengedenken wohl einen der berühmtesten, und wieder war die Unruhe unter den Gänsen nicht zu dämpfen.

Und in dieser soeben begonnenen Nacht, es war wenige Tage vor Weihnachten, in dieser Nacht hielten drei Campingbusse unweit der Gänsekolonie vor Ekas Haus, und mit ausgeschalteten Scheinwerfern rollten die Fahrzeuge bis an den Zaun, hinter dem die Gänse im Schlaf von Kochbehältern phantasierten.

Vermummte Personen entstiegen den Autos – das Thermometer zeigte 0 °C – und luden stapelweise Jutesäcke aus. Es war Nacht, es war Nebel, es war kalt, es ging schnell. Eh die einzelne Gans erwacht war, lag sie in einem Sack verschnürt mit einigen anderen zusammen auf der Ladefläche eines Autos mit Standheizung. Und da eine Gans im Sack nicht spricht, war es unheimlich still in der Gänsekolonie vor Ekas Haus.

Als der Morgen anbrach und die Traktoren der Bauern durch die vereisten Pfützen knirschten, herrschte eisige Ruhe auf der Wiese am Fischzuchtteich. Einzig ein Flugblatt, an einen Zaunpfahl geheftet, flatterte im Wind des Morgens.

Weihnachtsgans, nein danke!

gez. Liga für den Alterstod e.V.

stand dort zu lesen. Als Emblem prangte links oben eine ungelenk gezeichnete Gans, die sehr an eine bekannte Comic-Ente erinnerte.

Natürlich war die Presse sofort da, gefolgt von der Polizei, gefolgt von Schaulustigen, Weihnachtsbaumverkäufern und Glühweinständen, wie man das so kennt, die Gänse aber blieben verschwunden, so daß Eduard Zimmermann eingeschaltet werden mußte. Und wer ihn eingeschaltet hatte, konnte in der Spätsendung live erfahren, daß die Entführer wohl ausgemacht worden waren, sich aber auf einem Gehöft in Essen-Werden verschanzt hatten. Die Polizei warte noch ab, hieß es. Darauf konnte Eduard Zimmermann nicht warten und beendete die Sendung. Die in der ersten Reihe guckten aber weiter in die Röhre.

Zuerst in die Bratröhre als Teil eines Dokumentarfilms zum Martinsessen. Die Zeit wurde hinter den Kulissen genutzt, um prominente Gäste zu einer Talkrunde zusammenzutrommeln, die sich der Frage hingab: Sind Gänse Nahrungsmittel oder Geiseln? Als ein ehemaliger

Richter aus Karlsruhe live in die Strafmaßdiskussion eingriff, wurde der für den Polizeieinsatz zuständige Polizeipräsident endlich von seinen Kollegen auf einer Weihnachtsfeier ermittelt und mit Blaulicht und Alka Seltzer zum Einsatzort gebracht. Zum Frühstücksfernsehen war er nüchtern, der Karlsruher Richter hatte sein Plädoyer beendet.

Die Scheinwerfer flammten auf, das Gehöft war umstellt und ausgeleuchtet, der Polizeipräsident räusperte sich ins Megaphon. Er versuchte es auf die weiche Tour, um die Stimmung nicht eskalieren zu lassen, aber die Entführer ließen nur eine Gans mit einem Brief um den Hals frei.

Die bekannten Forderungen nach freiem Geleit und gänsliches Recht auf einen natürlichen Tod quittierte der Polizeipräsident mit Schulterzucken und ließ sich die Gans einpacken. Seine Bedenken gingen eher in Richtung der Entführer. Darf ich sie beschießen lassen, nur weil sie Diebstahl bzw. Mundraub begangen haben? Können Gänse Geiseln sein? Wie spät ist es jetzt? Wie schmecken abgemagerte Gänse?

Im Bauernhaus selbst herrschte Verzweiflung. Die Entführer waren nicht darauf vorbereitet gewesen, so schnell gefunden zu werden. Der Plan war im Eimer. Sie saßen fest.

Weitere Einzelheiten entziehen sich meiner Kenntnis, ich weiß nichts über die Gespräche und Diskussionen der Entführer, nichts über die Gedanken und Strategien des Polizeipräsidenten und noch weniger über die Gans in seinem Kofferraum, die ich der Ordnung halber und weil sie in der Geschichte noch ihren Platz sucht, für Gerlinde, die Wehrhafte, halte.

Weiter im Text.

Das Schicksal nahm seinen Lauf, und am Fernsehbildschirm des betroffenen Abends konnten aufmerksame Augen beim Blick auf die vergängliche Wetterkarte den Winter des Jahrzehnts ausmachen; das Schicksal schickte sich an, schicke weiße Flocken zur Erde zu schicken, welche das gesamte Bergische Land mitsamt der nun gänselosen Gänsekolonie vor Ekas Haus, dem geenterten Gehöft nebst Entführern und Gänsen und zwei vergessenen Politessen mit ihrer weißen Pracht bedeckten. Doch die Pracht wurde zur Last, eine ungeheure weiße Masse sorgte dafür, daß es fortan für einige Wochen kein öffentliches Leben mehr gab.

Die Fernsehsender, nur ausgestattet mit dem Personal, das sich nicht hatte nach Hause retten können, brachten Filme eigener Wahl und Wetterkarten aus Sommertagen. Zeitungen erschienen nicht und wurden nicht vermißt. Züge fuhren nicht, und niemand verpaßte sie, und in den Bahnhöfen hatten sich die Berber in die schneefreien Ritzen gezwängt und waren das öffentliche Leben.

So gesehen, eine friedliche Zeit. Nicht ein Weihnachtsschlitten durchbimmelte die heilige Nacht. (In Berlin soll es Pizza-Helikopter gegeben haben, doch das ist umstritten.)

Und es blieb nicht bei einer stillen Nacht.

Nun, das ist Schnee von gestern, die Straßen sind wieder frei, die letzten erfrorenen Autofahrer sind von der B1 geräumt, die Berberritzen gesäubert, und die Landschaft erscheint wie frischgewaschen nach dem kleinen Winterschlaf.

Die Frage drängt sich in den wieder freigewordenen Raum, was aus allen geworden ist, mit denen diese Geschichte begann. Doch ich bedaure, der Schnee scheint ein Mäntelchen des Vergessens gewesen zu sein, es ist kaum etwas zu erfahren.

Die zwei Politessen, die »zur Bewachung der Geiselnehmer zurückgelassen« worden waren, sind aus dem Polizeidienst ausgetreten, leben im Gehöft als biodynamische Autarkiegruppe und erwarten ihr erstes Kind. Die Vermutung liegt nahe, daß ihre Lebensgefährten zu den Goosenappern gehören, doch es läßt sich nicht beweisen.

Denn von den Entführten fehlt jede Spur, und im Gehöft fand ich bei meinen Recherchen lediglich eine ungewöhnlich große Anzahl Oberbetten, aus denen Federkiele stachen.

»Fürs Kind!« sagte man mir.

»Armes Kind«, dachte ich mir.

Und auch von anderer Seite wird ein dunkles Mäntelchen in den Wind gehängt. Nach einem Dreikönigsessen traf ich zufällig den Polizeipräsidenten und fragte ihn nach dem Stand der Ermittlungen in der Gänsefrage.

»Gänsefrage? Was für Ermittlungen?«

Ich erklärte es ihm. Er schaute mich an, als sei ich nicht bei Trost. Dann lachte er, schlug mir auf die Schulter und sagte brüderlich: »Sie haben das geglaubt? Mensch, das war doch bloß eine Ente!«

Damit ließ er mich vor dem Lokal stehen, aus dem es nach Rotkohl und Geflügel roch. Ich ging hinein, bestellte *kalte Ente*, doch man verstand mich nicht. Also betrank ich mich zu Hause.

In der Gänsekolonie leben längst neue Gänse. Ich weiß nicht, worüber sie reden, es interessiert mich auch nicht. Ich weiß nur eines: der Karpfen lebt noch.

Annette Gilles

Dünnes Eis

Achim macht es sich auf dem Bett bequem. Marta sieht es, in der Badewanne liegend, im Spiegel über dem Waschtisch. Die Badezimmertür steht einen Spalt auf, und wenn Marta sich in dem warmen Wasser mit dem knisternden Schaumgebirge zurücklehnt, kann sie auch beobachten, wie Achim drüben auf dem Bett nach der Fernbedienung angelt und sich durch das Abendprogramm zappt. Tatort, Volksmusik, Action, Werbung, Sport und das ganze wieder von vorn.

»Du, da kommt gerade ein guter Film, hast du Lust?« wird er gleich fragen, wenn sie aus dem Bad kommt, und sie wird lächeln, nicken und sich scheinbar entspannt neben ihn legen und darauf warten, daß er schließlich auch Lust auf sie bekommt.

Marta läßt sich Zeit in der Wanne, sie seift sich ein, spült den Schaum von der Haut und aalt sich im warmen Wasser, um die Kälte zu vertreiben, die sich bei ihrem Nachmittagsspaziergang mit Andy in ihrem Körper festgesetzt hat.

Andy, der Afghane, liegt verschlafen neben der Wanne auf der Badematte. Wie eine Sphinx sieht er Marta manchmal aus seinen klugen Augen an, gelassen und abwartend. Ein kleiner, tolpatschiger Welpe ist er gewesen, als Tanja vor zwei Jahren mit ihm zu ihr kam. Marta hat sich nie besonders für Tiere interessiert, schon gar nicht für Hunde, aber bei Andy war es etwas anderes. Er ist ein elegantes, extravagantes Tier, und sie kommt mit ihrer schlanken Figur neben ihm ganz besonders gut zur Geltung. Mehr als einmal haben ihr das die

Kunden in ihrem Laden bestätigt, in dem sie Wohnaccessoires und Designerlampen verkauft. Im Laden liegt Andy immer auf seiner Decke neben der Tür und mustert die Kunden mit einem trägen Blick, als müsse er sie erst für würdig befinden, von Marta bedient zu werden.

Marta steigt gemächlich aus der Wanne und greift nach dem Badetuch. Andy erhebt sich und schnürt hinüber ins Schlafzimmer, um ihr den Platz auf der Matte freizumachen. Marta trocknet sich ab. Drüben verliert Achim das Interesse an der Sportübertragung und schaltet sich zum Krimi durch.

Am Nachmittag hat Tanja angerufen. Zum ersten Mal seit einem halben Jahr. Die Verzögerung der Satellitenverbindung hat ihre Stimme seltsam hohl klingen lassen. Ihre Zeit in den Staaten gehe zu Ende, hat sie gesagt. Sie sei schon dabei, ihre Nachfolgerin auf dem Korrespondentenposten einzuarbeiten. Zwei, drei Wochen vielleicht noch, dann komme sie wieder.

Tanja. Damals, als Marta noch mit ihr zusammenlebte, war ihr Achim wie ein scharfes Kontrastprogramm zu Tanjas zielstrebiger Art vorgekommen. Mit seiner lasziven Gedehntheit wirkte er ein bißchen wie Helmut Berger, fand Marta. Nicht äußerlich, aber vom Eindruck her. Ein Genießer, nicht der Draufgängertyp wie Tanja, an deren zweckgebundener Direktheit Marta jegliche Eleganz vermißt hat. Tanja konnte einfach nicht diese Atmosphäre produzieren, die Marta so genießen kann, dieses spannungsgeladene Prickeln, aus dem langsam Erregung und zuletzt Leidenschaft wird. Sicher eine Folge ihres Jobs. Immer schneller sein als die anderen, immer die News vor der Konkurrenz haben. Zielstrebig und knallhart, damit hat sie sich ja schließlich auch für die Staaten qualifiziert. Als erste Frau auf dem traditionellen Männerposten. Für Tanja ist es die Herausforderung ihres Lebens gewesen, klar, daß sie sich die Chance nicht entgehen lassen wollte.

Marta betrachtet sich im Spiegel und schüttelt ihr Haar aus. Langer, seidiger Glanz, so, wie Tanja es immer gemocht hat. Marta will ehrlich sein: sie war damals froh, als Tanja ging. Ihre Beziehung stand auf der Kippe, nachdem sie zusammen hier nach Husum gezogen waren, in das einzige Hochhaus der ganzen Stadt, sieben Etagen in bevorzugter Wohnlage, direkt am großen Mühlenteich. Tanja ist diejenige gewesen, die in die Provinz wollte.

»Hier kann man relaxen«, hat sie erklärt, als sie sich das Penthouse ansahen und aus dem großen Wohnzimmerfenster über die Stadt schauten. Aber dann hielt sie es doch nur ein paar Monate hier draußen aus, unter den Spießerblicken, die ihr angeblich nichts ausmachten.

Marta schlüpft in ihren Bademantel und bürstet ihr Haar. Sie glaubt nicht, daß Achim es ihr gleich wieder zerwühlen wird, zärtlich, mit seiner gebremsten Leidenschaft, die sie damals so angetörnt hat. Marta ist sich bis heute nicht sicher, ob Tanja sich nicht auch deshalb so schnell für die Staaten entschieden hat, weil sie hinter die Sache mit Achim gekommen ist.

Marta hat ihn bei einer Versammlung des Husumer Einzelhandesverbandes kennengelernt. Gehört hatte sie natürlich schon vorher von ihm. Anfang Vierzig, gutaussehend, der einzige Porschefahrer in zehn Kilometer Umkreis, und mit seinen Frauengeschichten Dauergesprächsthema bei den Lady-Parties. Er ist *der* Herrenausstatter am Ort, wozu freilich in dem 25.000-Seelen-

Nest nicht viel gehört, genau wie Marta mit ihrem Lädchen voller teuerer Sachen sofort für Furore gesorgt hat. So gesehen haben sie sich einfach treffen und die Love-Story beginnen *müssen*, über die man dann im Kirchenkreis und im Rotary-Club so wunderbar klatschen konnte.

Nur Tanja hat nichts bemerkt. Oder nichts bemerken wollen. Die Woche über ist sie ohnehin immer in Hamburg beim Sender gewesen und hat in ihrem Appartement übernachtet. »Nicht zuviel Nähe«, hat sie Marta erklärt. »Dadurch geht zuviel kaputt.« Und wenn sie dann am Wochenende kam, war sie oft mürrisch und ausgelaugt, mußte sie sich erstmal den Frust über die Redaktionskollegen von der Seele reden. Marta versuchte, es ihr nett zu machen, sie in Stimmung zu bringen für eine schöne Nacht, aber Tanja kam immer auf ihre robuste Art einfach zur Sache. Nicht, daß Marta es nicht gefallen hat und sie dabei nicht auf ihre Kosten gekommen wäre. Aber sie hat mit der Zeit doch gespürt, daß ihr etwas fehlt.

Wirklich guter Sex muß für Marta wie ein erstklassiges Menü komponiert sein. Sie braucht eine schöne Atmosphäre, um den Appetit anzuregen, die Erwartung zu steigern, angefangen mit einem liebevoll angerichteten amuse gueule bis zum heißen, süßen Espresso und zum Digestif. Sie genießt das Spielerische, dieses kokette Geplänkel, das auch Tanja früher einmal beherrscht hat, damals, als sie sich kennenlernten.

»Ich freu mich auf dich«, hat Tanja noch bei ihrem Anruf über den Atlantik hinweg gesagt, und Marta hat ganz automatisch an Achim denken müssen, der sich inzwischen mit seiner ganzen Selbstverliebtheit in ihrem Leben festgesetzt hat.

Marta cremt sich ein, streicht die milchige Lotion auf die sonnenstudiogebräunte Haut und massiert sie sanft ein. Drüben hat Achim sich inzwischen wieder für die Sportübertragung entschieden. Sie spürt wieder diesen Widerwillen aufsteigen, den sie schon seit längerem zu ignorieren versucht. Am Anfang fand sie Achims Masche beim Sex wahnsinnig erregend, seine langsame zögerliche Art, mit der er beim Fernsehen an ihr herumzunesteln begann, so ganz nebenbei. Heute fragt sie sich, wie sie nur so blöd sein konnte, auf dieses alberne Spielchen einzugehen. Mittlerweile ist das ganze Theater doch nur noch kränkend für sie. Immer öfter will er gar nicht mit ihr schlafen, fummelt nur an ihr herum und macht sie scharf, um sich dann plötzlich aus dem Bett zu schlängeln und den eiligen Geschäftsmann zu markieren, der dringend weg muß. Manchmal, wenn Marta dann nicht mehr weiß, wohin mit ihrer Gier, denkt sie an Tanja und daran, daß sie bei ihr nie so unzufrieden gewesen ist.

Marta schraubt die Flasche mit der Körperlotion zu und stellt sie in den Spiegelschrank. Ihr fällt nichts mehr ein, womit sie sich aufhalten könnte. Sie wird hinübergehen müssen. Aus dem Fernseher tönen Werbesprüche für Hundefutter. Marta tritt ins Schlafzimmer. Andy steht vor dem Apparat.

Achim lächelt sein schmales Playboy-Lächeln. »Du, da kommt gerade ein guter Film, hast du Lust?«

Andy dreht den Kopf und mustert Achim kurz, ehe er sich wieder vor dem Fernseher hinlegt. Marta geht zum Fenster und stellt es auf Kippe. Die kalte Winterluft kommt in einem Schwall durch den Spalt. Seit Tagen sind die Temperaturen schon unter dem Gefrierpunkt, und jeden Morgen muß sie sich mit ihrem

Wagen über die vereiste Ausfahrt aus der Tiefgarage quälen.

Sie setzt sich auf die Bettkante und läßt Achims suchende Hand auf ihrem Oberschenkel zu. Die Fernbedienung hat er sich auf den Bauch gelegt. Andy erhebt sich wieder und trottet lässig zu ihr, läßt sich neben dem Bett nieder. Sie streicht mit den Fingern durch sein seidiges Fell und denkt an Tanja. »Ich freu mich auf dich«, hat sie am Telefon gesagt. Zwei, drei Wochen noch, dann ist sie wieder da. Marta spürt plötzlich dieses Kribbeln, diesen langen, wohligen Schauer, der auch damals durch ihren Körper zog, als sie mit Tanja zum erstenmal in ihrer Wohnung war.

»Mhh, du?« meint Achim und geht mit seiner Hand auf Entdeckungsreise. Marta zerstrubbelt Andys Mähne, und der Hund knurrt zufrieden.

Sie kommt nicht mehr raus aus diesem Verhältnis mit Achim. Wie steht sie denn da, wenn sie sich von ihm trennt? Sie sind doch inzwischen zum festen Bestandteil der Husumer Gesellschaft geworden. Achim und Marta, das ist die romantische Liebesgeschichte von den beiden Königskindern, die sich endlich gefunden haben. Nicht auszudenken, was für schmutzige Wäsche da gewaschen wird, wenn sie sich von diesem total hohlen Block trennt. Achim hat kein einziges Buch in seiner Wohnung, und im Grunde genommen interessiert er sich nur dafür, welche Krawatte man zu welchem Sakko trägt und welches Eau de toilette zu welcher Gelegenheit paßt.

Andy wird unruhig. Er läuft zur Tür, schlängelt sich in die Diele und kommt wieder zurück. Winselnd bleibt er vorm Bett stehen.

»Ja, was ist denn jetzt schon wieder?« fragt Achim genervt und starrt den Hund an.

»Er muß raus«, sagt Marta.

Achim zieht seine Hand zurück. Er langt nach der Fernbedienung und schaltet ein paar Stationen weiter. Marta sieht Andy an. Er scheint oft zu spüren, was in ihr vorgeht, oder vielleicht überträgt sich auch nur gelegentlich ihre Unruhe auf ihn. Andy kommt zu Marta, legt seine schmale, aristokratische Schnauze auf ihren Oberschenkel und sieht sie an. Marta ist selbst überrascht gewesen, wie gut sie mit dem Tier auskommt. Vielleicht liegt es daran, daß Tanja ihn ihr geschenkt hat. »Damit du nicht so alleine bist, wenn ich nicht da bin!« hat sie erklärt, als sie mit dem kleinen Andy an der Leine angekommen ist.

Andy schnürt wieder zur Tür und kommt zurück. Achim seufzt und wälzt sich aus dem Bett: »Na gut!« Er weiß, daß der Hund erst Ruhe gibt, wenn er draußen gewesen ist. Andy wartet an der Tür, bis Achim die Schuhe angezogen hat und in seine Barbourjacke geschlüpft ist. »Fünf Minuten!« erklärt er.

»Paß auf, daß er sich nicht dreckig macht!«

Die Tür fällt ins Schloß, und gleich darauf hört Marta den Lift hinunterfahren. Sie wickelt sich in ihren Bademantel und tritt ans Fenster. Schneeflocken tanzen in der Nachtluft. Auf dem zugefrorenen See vorm Haus hat sich schon eine dünne weiße Decke gebildet.

Sie sieht, wie Achim unten mit dem Hund aus dem Haus kommt. Sie weiß, daß Achim mit Andy eigentlich nichts anfangen kann. Er toleriert den Hund nur, um Streit mit Marta aus dem Weg zu gehen.

Die Schneedecke auf dem kleinen See schimmert hell im Licht der Laternen am Rundweg. Marta sieht, wie

Andy seinen Stammplatz ansteuert. Die Leine spannt sich und gleitet Achim aus der Hand, als Andy sich auf einmal zum See wendet und auf die Eisfläche hinausläuft.

Marta macht das Fenster auf und steht in der kalten Winterluft. Sie wundert sich, daß sie nicht friert. Unten hört sie Achim rufen, gleichgültig zuerst, dann lauter und im Befehlston. Andy läuft weiter auf den See hinaus, eine deutliche Spur in der dünnen Schneedecke hinterlassend.

Achim steht unschlüssig am Wegesrand und starrt zu ihm hin. Andy bleibt stehen und dreht sich um, dann bellt er kurz. Es klingt durch die kalte Luft wie ein kleines spöttisches Lachen. Marta zittert.

Achim läuft in Andys Spur auf den See und ruft nach ihm. Andy bleibt stehen, bis Achim nur noch ein paar Meter entfernt ist, dann läuft er weiter. Achim spurtet wütend hinter ihm her. Auf einmal scheint er immer kleiner zu werden – bis er durch die dünne Eisdecke bricht und in dem Eisloch verschwindet. Einmal, zweimal taucht er noch auf und versucht aus dem Loch herauszukriechen, aber der Eisrand bricht unter seinem Körpergewicht immer weiter weg, während Andy einen großen Bogen schlägt und zurück zum Ufer trottet.

An seiner Laterne bleibt er stehen und wendet den Kopf, um zu Marta hinaufzusehen.

Achim schreit, doch seine Stimme hat kaum noch Kraft. Seine Bewegungen werden langsamer. Fünf, sechs Minuten, höchstens zehn, überlegt Marta, mehr hat man nicht. Sie bleibt am Fenster stehen, bis Achim nicht mehr zu sehen ist, dann dreht sie sich langsam um, geht ins Bad, um sich anzuziehen. Sie muß Andy heraufholen und irgendjemanden anrufen. Die Feuerwehr, vielleicht auch die Polizei. Und natürlich Tanja.

Bert Ostberg

... und immer scharren die Hühner

I.

Regungslos sitzt Elfriede Blumtritt auf dem verdreckten Deckel der Kornkiste. Weit aufgerissene Augen starren in die dunkle Ecke gegenüber. Zu ihren Füßen drängen sich Hühner und picken an den kraftlos herabhängenden Händen herum. Der Hahn stakst flatternd von einem ihrer Knie auf das andere, und schon hat sie einen klebrigen Schiß auf der Schürze. Sie bemerkt das alles nicht.

Allmählich verliert sich die flammende Röte auf der rechten Gesichtshälfte. Irgendwann stolpern zwei Tränen von Runzel zu Runzel und glitzern, so daß der Hahn danach pickt. Nun schiebt sie ihn doch vom Schoß, vorsichtig, atmet tief durch und steht auf. Mechanisch klappt sie den Deckel hoch, um Korn in den Krippen zu verteilen. Natürlich sitzen sofort ein paar Hühner in der Kiste. Anstatt wie sonst lachend und fluchend in die Hände zu klatschen, rudert sie nur stumm mit den Armen. Aber immer, wenn eine Seite der Kiste frei ist, sitzt die andere wieder voll.

»Jessesmaria, ihr blöden Viecher!« entfährt es ihr plötzlich, doch krächzend und ungewöhnlich laut, so daß alles gackernd auseinanderstiebt. Als sie den Kistendeckel mit Wucht zuknallt, springt der ganze Schwarm in die Höhe, wild mit den Flügeln schlagend. Elfriede reißt schützend die Arme vor den Kopf.

»Nun jeht ma nich' noch inne Haare!« Ihre Stimme überschlägt sich, aber der Schrei geht in Lachen und dann in Weinen über. Langsam löst sich der Schock.

Zur eigenen und zur Beruhigung der Hühner spricht sie mit ihnen, in zusammenhanglosen Sätzen: »Ist ja gut, gut, gut, ihr könnt ja gar nichts dafür! Was soll ich denn jetzt mit euch machen, könnt ihr mir das mal sagen? Wo sollen wir denn hin?! Elfriede, altes Mädchen, das haste nicht verdient! Dieser Mistkerl, dieser verfluchte!«

Allmählich klingt ihre Stimme wieder normal, und irgendwoher kommt sogar ein Gefühl grimmiger Zuversicht. »Nee, so schnell schießen die Preußen nicht! Auch du nicht, Walter Blumtritt! Da lachen ja die Hühner.«

Die haben inzwischen alle Körner verzehrt und sitzen wie aufgefädelt auf der Stange. Elfriede kann wieder klar denken.

II.

An diesem Mittwoch nachmittag im Frühsommer '92 war die Vergangenheit aufgetaucht. Ihr Verflossener, Walter Blumtritt, klingelte gar nicht erst an der Gartenpforte. Plötzlich stand er in ihrer Küche, als wären nur ein paar Tage und nicht über 30 Jahre vergangen, seit er sich verzogen hatte.

Sie erkannte ihn sofort. Dabei waren die Augen nur noch Schlitze in dem aufgeschwemmten Gesicht, das von einer blauroten, zerklüfteten Nase beherrscht wurde. Elfriede hatte geglaubt, ihr Ex-Gatte sei längst tot, totgesoffen. Aber da stand er, dreist grinsend, blies ihr eine ekelhaft süßliche Fahne entgegen und kam gleich zur Sache. »Damit hast du wohl nicht gerechnet, was? Seit ewig hockst du hier in meinem Haus, auf meinem Grund und Boden. Aber damit ist jetzt Schluß! Ich will mein Eigentum zurück.«

Elfriede brauchte einen Moment, dann fand sie ihre Sprache wieder. »Du bist wohl bei deinen Leuten 'rausgeflogen?« Vor langer Zeit hatte sie mal gehört, daß es auch mit seiner zweiten Ehe nicht zum besten stünde. »Oder haben die dich ausgeschickt, den Wohlstand der Familie ein bißchen aufzubessern?«

Er schien aufbrausen zu wollen, doch dann entblößten die dicken Lippen eine Goldkrone zwischen schwarzgelben Zahnstummeln. Sein Lachen klang ölig: »Nee, die wissen noch gar nichts von ihrem Glück. Soll 'ne Überraschung werden, vielleicht irgendwann 'mal. Vorläufig bleibt das mein Trumpf in der Hinterhand. Man weiß ja nie, in diesen Zeiten ...«

»Ich wohne hier seit vierzig Jahren und ...«

Brüllend schnitt er ihr das Wort ab: »Ja, weil ich dich aufgenommen habe, aus Mitleid. Du warst doch arm wie 'ne Kirchenmaus. Eingeschlichen hast du dich bei uns, breitgemacht und mich aus meiner Bleibe vertrieben.« Er zerfloß fast in Selbstmitleid. Aber nichts davon stimmte.

Elfriedes erster Mann war noch Anfang '45 irgendwo an der Ostfront verschollen, und sie lebte allein in Stube und Küche mit Außenklo, nicht weit vom Alexanderplatz. Anfang der 50er Jahre hatte sie Walter Blumtritt »uff Arbeit« kennengelernt. Er rannte ihr monatelang die Bude ein, sie sollte doch zu ihm in sein Häuschen in Neuenhagen, einer Gemeinde am östlichen Rand von Berlin, ziehen. Schließlich hatte sie ihre Wohnung aufgegeben, und das war ein großer Fehler.

Ziemlich bald wurde ihr klar, daß Blumtritt nur eine Pflegerin gesucht hatte. Unheilbar krank siechte seine Mutter dahin, jahrelang. Immer öfter floh er vor der bedrückenden Atmosphäre in die Kneipe. Wenn er nach

Hause kam, entlud sich sein Frust an Elfriede. Er verprügelte sie regelmäßig, aber sie schaffte es einfach nicht, sich scheiden zu lassen. Er tat es dann kurz nach ihrem 35. Geburtstag. Wäre sie gegangen, hätte er seine Mutter weiter pflegen müssen. Also verschwand er noch kurz vor dem Mauerbau nach Westberlin.

Es hätte wenig Sinn gehabt, ihm das jetzt vorzuhalten. Zuhören war nie seine Stärke gewesen. Sie faßte sich kurz: »Ich habe deine Mutter versorgt bis zuletzt. Als sie im Sterben lag, sagte sie zu mir, ich könne hier bleiben, solange ich lebe. Und daran halte ich mich.«

Da war wieder dieses Grinsen: »Hast du das schriftlich? Wer steht denn im Grundbuch?« Blumtritt hatte damit spekuliert, daß Elfriede nie sonderlich hinter Geld oder materiellen Gütern her war. Der Punkt ging an ihn, und er kostete seinen Triumph aus. »Ich bin kein Unmensch. Du hast ein halbes Jahr Zeit, dir was zu suchen. Bis dahin geht jeden Monat ein Tausender an mich.«

Das war mehr, als sie an Rente bekommt. Nun wurde sie doch laut: »Einen Dreck werde ich tun! Mach, daß du rauskommst!«

Unvermittelt schlug er zu, mit der Linken und ins Gesicht. »Das nur zur Erinnerung. Am Sonnabend nachmittag komme ich wieder. Dann zahlst du die erste Miete. Sonst gnade dir Gott.« Als er die Tür hinter sich zuwarf, rieselte Putz von den Wänden.

Der Schlag warf sie um. Nicht körperlich, so viel Kraft hatte er nicht mehr. Aber sie glaubte sich plötzlich um dreißig Jahre zurückversetzt. Erst im Hühnerstall kam sie wieder zu sich.

III.

Am Abend wäscht Elfriede den Hühnerdreck aus Rock und Schürze und hängt beides auf die Leine im Garten. Still steht der Stall im Dämmerlicht. Sie versucht sich zu erinnern, wie sie auf die Kornkiste geraten war. Vergeblich. Um so klarer ist das Warum. Bei den Hühnern hatte sie auch damals oft Schutz vor Blumtritt gesucht. Sie waren immer ein letzter Halt, wenn es ihr mal ganz dreckig ging.

Früher in Berlin hatte sich ihre Freundschaft mit Tieren auf gelegentliches Ausrutschen in Hundehaufen beschränkt. Zu dem Federvieh kam sie, wie die Jungfrau Maria zum Kinde. Nein, noch schlimmer – infolge eines Irrglaubens!

Die alte Sickergrube im Garten lief dauernd über, und sie glaubten, die Lösung des Problems wäre ein möglichst großer Schuppen darüber, um den Regen abzuhalten. Nachdem der fertig war, begriffen sie endlich das Prinzip einer Sickergrube. Nach jedem Leerpumpen sickerte Grundwasser ein und füllte sie innerhalb von Stunden zu zwei Dritteln wieder auf. Noch heute müßte Elfriede wohl täglich schöpfen, wenn Neuenhagen nicht einen Wohnblock für Offiziersfamilien bekommen hätte. Dessen Abwasserleitung führt zufällig durch ihre Straße, und auch ihr Häuschen ist angeschlossen worden.

Aber da stand nun der Schuppen, ein Traum für jeden Heimwerker, und Blumtritt war keiner. Irgendwann kam eine Hühnerzüchterin aus der Nachbarschaft zu Besuch. Ihre Begeisterung beim Anblick des idealen Stallgebäudes schwappte auf Elfriede über. Aus der Markthalle am Alex schleppte sie fünf Hennen und einen Hahn der schweren Leghornrasse an. Auf einmal hatte sie ein Hobby. Und nach dem Tod der Schwiegermutter ersetzten die Hühner ihr eine Familie, und vor allem die Kinder, für die sie sich nun zu alt fühlte.

Das alles geht Elfriede durch den Kopf an diesem Abend vor dem Hühnerstall. Dann legt sie sich erstmal zur Ruhe. »Der Morgen ist klüger als der Abend.«

IV.

Am Donnerstag steht Elfriede mit den Hühnern auf. Erst werden die Tiere gefüttert, dann frühstückt sie selbst. Kaffee und Brötchen, sogar die selbstgemachte Erdbeermarmelade sind nur Beiwerk zum frühen und absoluten Höhepunkt des Tages, einem frischen, weichgekochten Ei. Daß schon für Nachschub gesorgt ist, verkündet langgezogenes, wehleidiges und gleichzeitig triumphierendes Gackern aus dem Stall. Der Rest der Schar hat sich über den Garten verteilt und sein scharrendes Tagwerk begonnen.

Elfriede macht sich auf den Weg zum Gemeindeamt. Wieder einmal sind sämtliche Ressorts neu- oder umgebildet und in andere Etagen verlegt worden. Daß sie schließlich doch jemanden findet, der für Grundstücksfragen zuständig ist, läßt sie fast an Wunder glauben. Um so härter ist die Landung auf dem Boden der Tatsachen, die man ihr mit routinierter Freundlichkeit vermittelt. Tja, wenn keine anderslautende testamentarische Verfügung vorliege, sei der Sohn der verstorbenen Eigentümerin wohl der rechtmäßige Erbe. Aber solange der sich noch nicht bei ihnen auf dem Amt gemeldet habe, solle sie, Frau Blumtritt, sich mal keine Sorgen machen. Bis dahin brauche sie ihn nicht einmal in die

Wohnung zu lassen, obwohl – das sei ein gut gemeinter Rat – es vielleicht besser wäre, sich mit ihrem künftigen Vermieter nicht zu überwerfen.

Deprimiert radelt Elfriede am späten Nachmittag heim. Das stundenlange Suchen und Warten, aber vor allem diese Auskunft haben sie so geschafft, daß sie zum ersten Mal in ihrem Leben absteigen und das Fahrrad die leichte Steigung bis zum Haus schieben muß.

Trotzdem holt sie noch etwas Mist aus dem Stall, verteilt ihn auf ein paar Quadratmeter Beet und beginnt umzugraben. Um sie herum wimmeln die Hühner, scharren und streiten sich um die Regenwürmer. Das ist Elfriedes praktische Art, wieder zu Kräften und auf die besten Ideen zu kommen. »Hilf dir selbst, dann hilft dir Gott.«

V.

Am Freitag stößt Elfriede ihre Nachbarinnen vor den Kopf. Anstatt auf ein Schwätzchen vom Rad zu steigen, strampelt sie mit einem trockenen »Tag auch, keine Zeit!« vorbei. Bald kommt sie vom Tischler zurück, einen großen Sack voller Sägemehl über der Stange. Gleich zweimal hastet sie zum Penny-Markt, schleppt zuerst riesige Pappkartons nach Hause, um dann noch drei Besenstiele zu kaufen. »Bißchen spät für 'n Frühjahrsputz, was Friedel?« kommt es lachend von der anderen Straßenseite, aber sie brabbelt nur irgend etwas Unverständliches und verschwindet im Garten.

Auch die Hühner bringt sie völlig durcheinander, jagt alle aus dem Stall und schließt die Tür von innen. Die verdutzten Tiere drängen sich vor dem Eingang und hören sie rumoren, ächzen und stöhnen. Ab und zu fliegen Brocken von Hühnermist, vermischt mit alten Sägespänen durch ein Fenster nach draußen. Und dann ertönt ein nie gehörtes, kreischendes Quietschen, so daß manche Henne draußen ihr Ei fallen läßt – am unpassenden Ort und zu unpassender Zeit.

Nach Stunden kommt Elfriede aus dem Stall, verschwitzt und tiefrot im Gesicht. Schwer atmend steht sie vor der Tür und beobachtet, wie die Hühner neugierig hineinrennen und in den frischen Spänen zu scharren beginnen. Nach einer ganzen Weile nickt sie zufrieden und geht ins Haus. »Nach getaner Arbeit ist gut ruh'n.«

VI.

Am Samstag nachmittag liegt die Straße wie ausgestorben. Es ist Kaffeezeit und noch zu kalt, um im Garten zu sitzen. Niemand sieht den leicht schwankenden, korpulenten Mann, der in Elfriedes Haus eindringt. Aber sie ist verschwunden. Wütend durchsucht Blumtritt die Räume, knallt mit den Türen und wirft eine Vase um. Plötzlich stutzt er, sein stierer Blick fällt aus dem Fenster – und auf den Stall. Ein Glucksen dringt aus seiner Kehle. Die Hühner recken erschrocken die Hälse, als er laut lachend durch die Hintertür in den Garten tritt.

Bleich sieht Elfriede ihrem Ex-Gatten entgegen. Quer über die Beete trampelt er auf den Stall zu und schiebt sich durch die Tür herein: »Du denkst wohl, ich hab vergessen, wo du dich immer verkriechst! Für wie blöd hältst du mich ei...«

Ein trockenes Knacken unterbricht ihn jäh, dann folgen ein schlurfendes, schabendes Geräusch und ein dumpfes »Blub« beim Abtauchen ins Grundwasser. Mit sich in die Tiefe reißt er die Pappe, die Elfriede über die Sickergrube gelegt und mit Besenstielen abgestützt hat. Alles war unter Sägemehl versteckt, so auch der aufgeklappte, schwere Deckel.

Als sie ihn hochhievt, fährt den Hühnern noch einmal dieses fürchterliche Quietschen in die Glieder. Über zwanzig Jahre hatte es keinen Grund zum Öffnen der Grube gegeben. Und in den nächsten zwanzig Jahren wird es wohl wieder keinen geben.

Oder zumindest, solange ich lebe, denkt Elfriede, als der Deckel zuknallt. Sie braucht das Sägemehl nicht wieder darüber zu verteilen. Das besorgen die Hühner. Noch ehe der Staub sich gelegt hat, beginnen sie zu scharren.

Sabine Lennkh

»Wenn du nur sprechen könntest!«

Susanne jagte die Treppe hinunter, immer zwei Stufen auf einmal nehmend. Unten angekommen, stürmte sie durch die Diele und stürzte aufgeregt in die Küche: »Wo sind bloß Morli und Mitzi, Mami? Hast du sie nicht irgendwo gesehen? Ich kann sie beide nirgends finden.«

»Nein, tut mir leid, mein Liebes, ich habe sie schon seit heute vormittag nicht mehr gesehen«, antwortete ihre Mutter.

Während sie sich zu Susanne umdrehte und ihre mehligen Finger an einem bunten Handtuch abwischte, warf sie einen Blick zum Futternapf neben der Hintertür und fügte nachdenklich hinzu: »Das Futter, das ich ihnen vorhin hingestellt habe, ist noch unberührt. Hast du wirklich überall nachgeschaut? Auch im Kleiderschrank?«

Bei dieser Frage glättete sich Susannes von Sorgenfalten gekräuselte Stirn für einen Augenblick, und sie mußte grinsen. Erst vor ein paar Tagen hatte sie stundenlang erfolglos nach ihren beiden Katzen gefahndet, bis sie sie dann im Kleiderschrank, gemütlich zusammengerollt und zufrieden auf ihrem neuen Shetland-Pullover schlafend, entdeckte. Aber leider erst nachdem die zwei Lauser dort ein ordentliches Chaos angerichtet hatten.

Ihr Gesicht wurde wieder düster, als sie ihrer Mutter antwortete: »Natürlich habe ich im Kleiderschrank nachgeschaut. Zwei Mal sogar. Aber dort sind sie diesmal auch nicht. Ich habe schon überall gesucht, Mami. Im Garten und im ganzen Haus. Sogar in euer Zimmer, unter euer Bett und in euren Schrank habe ich geschaut. Sie sind wirklich nirgends.« Verzweiflung leuchtete aus ihren hellen Kinderaugen, die sich langsam verdunkelten und mit Tränen füllten.

Besänftigend legte Frau Siebert ihren Arm um die schmalen Schultern ihrer Tochter und sagte zuversichtlich: »Mach dir mal keine allzugroßen Sorgen. Die beiden werden bestimmt bald wieder auftauchen. Wahrscheinlich stromern sie nur ein wenig draußen in der Gegend herum.«

»Aber so lange sind sie noch nie fort gewesen. Und sie kommen immer, wenn ich nach ihnen rufe. Warum dann diesmal nicht?« Verständnislos schüttelte Susanne den Kopf. »Ich habe gerufen und gerufen, aber keiner von beiden hat sich blicken lassen. Das machen sie doch sonst nicht.«

»Sie werden sicherlich bald heimkommen«, versicherte die Mutter. »Im Moment jedenfalls kannst du gar nichts anderes tun, als abzuwarten. Deshalb setz dich jetzt erstmal hin und koste meine frischen Plätzchen. Das erste Blech habe ich vorhin bereits aus dem Backofen geholt.« Aufmunternd lächelte sie Susanne zu und schob ihr einen großen Teller mit herrlich duftendem Gebäck entgegen.

Die Nachmittagssonne schien in die Küche und malte helle Streifen auf das karierte Tischtuch. Susanne knabberte lustlos an ihrem dritten Schokoladenkeks. Gedankenverloren betrachtete sie die Krümel, die auf den Tisch gefallen waren. »Und wenn ihnen doch was passiert ist? Sie könnten überfahren worden sein. Oder sie sind Herrn

Kellermann in die Falle gegangen. Er sagt doch immer, eines Tages erschießt er die Katzen.« Sorgenvoll sah sie ihre Mutter an.

»Über Herrn Kellermann würde ich mir den Kopf nicht allzu sehr zerbrechen, Susanne. Er ist einfach ein unfreundlicher Griesgram, der anderen gerne einen Schreck einjagt. Er kann weder Menschen noch Tiere leiden. Aber auch wenn er wild daherredet, macht er trotzdem nur große Worte. Er weiß ganz genau, wie sehr du an deinen Katzen hängst, und würde ihnen bestimmt nichts tun.«

»Aber er hat erst vor ein paar Tagen wieder über den Zaun gerufen, wenn er Morli und Mitzi nochmal in seinem Garten erwischt, knallt er sie, ohne mit der Wimper zu zucken, ab.«

Als ihre Mutter sie bei dieser Behauptung zweifelnd anblickte, fügte sie mit einem heftigen Nicken bestätigend hinzu: »Wirklich, das hat er gesagt, Mami.«

Die ängstlichen Worte des Kindes beunruhigten Frau Siebert. Aber nein, das war einfach ein absurder Gedanke. Herr Kellermann war zwar ein sehr seltsamer Geselle, der nicht nur Kindern Furcht einflößen konnte. Doch gefährlich, nein, das war er ihrer Meinung nach nun auch nicht gerade. Selbst wenn er in seiner Art oft recht brutal auftrat, meinte er seine Drohungen gewiß nicht ernst. Er hatte anscheinend nur eine seltsame Freude daran, andere Menschen zu erschrecken.

Die Zeiger der Küchenuhr glitten langsam weiter, und Susanne wurde immer unruhiger. Als bis halb fünf Uhr weder der Kater noch die Katze aufgetaucht waren, hielt es Susanne nicht mehr aus. Ungeduldig rutschte sie auf ihrem Stuhl hin und her und scharrte mit den Füßen.

»Ich mache mir solche Sorgen, Mami. Mir ist davon schon ganz schlecht. Ich muß Morli und Mitzi draußen suchen gehen. Bitte, bitte.« Ihre Augen flehten sie an.

Die Idee gefiel ihr zwar nicht besonders, dennoch gab Frau Siebert seufzend nach. »Nun gut, aber lauf nicht zu weit weg und versprich, daß du sofort heimkommst, sowie es dunkel wird. Sonst bin nämlich ich diejenige, die sich dann auch noch um dich Sorgen macht.«

»Versprochen, Mami!« Und schon war sie aus der Tür.

Die gut gemeinte Ermahnung ihrer Mutter, die ihr noch nachrief, sich eine Jacke überzuziehen, hörte sie bereits nicht mehr.

Aufmerksam durchforschte Susanne jeden Winkel des Gartens. Ihr Blick durchdrang den kleinsten Schatten. Kein Fleckchen Erde, kein Strauch, kein Busch wurde ausgelassen.

Auf allen Vieren krabbelte sie durchs Gestrüpp. Bis auch der letzte Winkel untersucht war. Lehm klebte an ihren Schuhen, an ihrer Jeans, an ihren Händen. Spinnweben hatten sich in ihren Haaren verfangen. Und immer und immer wieder rief sie lockend »Mitzi! Morli! Wo seid ihr bloß? Kommt doch endlich heim! Mitzi! Morli!«

Aber von ihren beiden Lieblingen war nicht die geringste Spur zu entdecken.

Je länger Susanne suchte, umso verzweifelter wurde ihr Ruf: »Mitzi! Morli!« Hinaus aus dem Garten und den Feldweg entlang in Richtung Wäldchen hallte ihre Stimme. Inzwischen war ein frischer Wind aufgezogen, wiegte die langen Ähren des Weizenfeldes und schüttelte an den Ästen der Bäume. Susanne stolperte unbeirrt voran, weder den aufkommenden Sturm, der an ihrer dünnen Baumwollbluse zerrte, noch die langsam heranrollenden Gewitterwolken bemerkend.

»Mitzi! Morli!« Salzige Tränen rannen über ihre Wangen. Als sie den Waldrand erreichte, hielt sie plötzlich inne. Es war ihr, als hätte sie ein Wimmern gehört.

Dort im Gebüsch, ganz leise.

»Mitzi? Morli?«

Ein klägliches Jammern antwortete ihr. Die ersten Regentropfen begannen sanft auf dem warmen Waldboden aufzuschlagen. Dornen rissen an ihren Kleidern und stachen durch ihre Haut, als sie in panischer Hast versuchte, sich durch Brombeerranken und Unterholz zu dem Winseln vorzuarbeiten. Ihr Gesicht war zerkratzt und Blut lief an ihrem rechten Handgelenk entlang, als sie endlich bis zu dem herzerweichenden Mauzen vorgedrungen war.

Was sie sah, ließ sie erstarren. Ein stummer Schrei entrang sich ihren Lippen. Dort hockte Morli, ihr schwarzer Kater, wie eine lebende Anklage. Neben ihm lag Mitzi, seine zarte Gefährtin. Ihr schneeweißes Fell war von Blut rot gefärbt, und eine große, häßliche Wunde klaffte in ihrer linken Schulter.

Als Morli ihr seinen Kopf zuwandte, glaubte Susanne in seinen Augen den gleichen, hilflosen Schmerz zu sehen, den sie in diesem Moment empfand. Erschüttert beugte sie sich über die unschuldige, kleine Katze und streichelte ihr liebevoll über den Kopf. »Mitzi, oh, meine Mitzi.« Weder das bedrohliche Grollen des Sturmes noch das heftige Pochen des Regens auf das Laub der Bäume drang in ihr Bewußtsein.

Ganz sachte hob und senkte sich der winzige, weiße Brustkorb unter dem flachen Atem des verletzten Tieres. Behutsam griff Susanne mit beiden Händen unter den kleinen Körper. Wie eine Feder so leicht ließ sich Mitzi aufheben. Vorsichtig kroch Susanne vorwärts, das arme Wesen so weit wie möglich mit ihren Armen vor dem scharfen, dornigen Buschwerk schützend. Mühevoll schob sie sich Stück für Stück weiter, ohne auf die kleinen Stacheln zu achten, die nach ihr angelten und sich überall in ihr Fleisch bohrten.

Hinter dem Kind schlängelte sich geschickt und geschmeidig der schwarze Kater mühelos durch das Dikkicht.

Endlich erreichte sie die Küchentür, von oben bis unten zerschunden und völlig durchnäßt. Dreckig, blutverschmiert und entkräftet taumelte Susanne die Stufen empor und umklammerte dabei weiterhin fest das kleine, leblose Bündel, das nun schlaff in ihren Armen hing.

Während sie wie wild gegen die Tür hämmerte, hatte sich Morli auf der Türschwelle niedergelassen und ließ das Mädchen nicht aus den Augen. Als sich die Küchentür dann plötzlich öffnete, war der Kater kaum mehr als ein flüchtiger Schatten, der sich in Luft aufzulösen schien, als er im Haus verschwand.

»Um Himmels willen, was ist bloß geschehen? Susanne, bist du verletzt?« Beim Anblick ihrer blutüberströmten Tochter griff Frau Siebert haltsuchend nach dem Türrahmen. »So sag doch etwas!«

Wortlos hielt Susanne ihr das tote Tier entgegen. Bestürzt wich ihre Mutter ein Stück zurück. Es war nur ein kurzes Zögern, eine unbewußte Reaktion auf das grausame Bild, das sich ihr bot.

Augenblicklich hatte sie sich wieder gefaßt. Mit einem energischen Handgriff zog sie ihre Tochter mitsamt dem blutigen Fellknäuel fest in ihre Arme. Beschwichtigend sprach sie auf das Mädchen ein und schob es sanft zur Tür herein.

»Das war dieser gemeine Schuft, dieser Kellermann.«, brach es schluchzend aus Susanne hervor. »Er hat sie umgebracht, und jetzt bringe ich ihn um. Morli und mir unsere süße Mitzi abzuknallen.« Schmerz und Wut verzerrten ihr kleines Gesicht.

Während die Tränen nun hemmungslos flossen, saß Morli ganz steif und unbeweglich neben dem Küchentisch auf dem Steinboden. Mit unergründlichen, gelben Augen betrachtete er diese traurige Szene und begann dann ruhig, sich das nasse, schmutzige Fell zu lecken.

So sehr sich die Eltern an diesem Abend auch bemühten, Susanne zu beruhigen, es gelang ihnen nicht. Der junge Körper wurde von Weinkrämpfen geschüttelt, und der Gedanke, daß einzig Herr Kellermann für den Tod der kleinen Katze verantwortlich war, hatte sich unverrückbar in ihrem Kopf festgesetzt. Jeder Versuch, sie von etwas anderem zu überzeugen, war hoffnungslos. Trotzig behauptete sie, daß Herr Kellermann und nur er allein Mitzis Mörder war.

»Susanne, Liebes«, beschwor ihr Vater sie und strich ihr zärtlich über die Wange. »Es war bestimmt nicht Herr Kellermann.«

Aber alle Anstrengungen, sie von ihrer Meinung abzubringen, blieben erfolglos. Eigensinnig bestand sie auf der Version, die sie sich in ihrer kindlichen Phantasie zurechtgelegt hatte.

»Und er war es doch. Er war es, er war es!« beharrte sie fest. Wieder und wieder wiederholte sie ihren Vorwurf.

Und während der ganzen Zeit lag Morli bewegungslos auf Susannes Schoß, mit aufmerksamem Blick jede Bewegung vermerkend und nur ab und zu ein Ohr spitzend, wenn sich der Klang der Stimmen im Laufe des Gesprächs änderte.

»Gut, ich werde die Sache aufklären«, sagte der Vater schließlich und griff zum Telefon.

Natürlich stritt Herr Kellermann rundheraus ab, irgendetwas mit dem Tod der Katze zu tun zu haben. Wer hätte schon etwas anderes erwartet? Aber Susanne glaubte Herrn Kellermann nicht. Sie wußte es besser. Und Morli wußte es besser.

Was immer Herr Kellermann auch sagen mochte. Er hatte Mitzi erschossen.

Unruhig wälzte sich Susanne in ihrem weichen Bett hin und her. Draußen rüttelte der Sturm an den Fensterläden. Was am Nachmittag mit einem Sommergewitter begonnen hatte, war im Laufe des Abends zu einem schweren Unwetter angewachsen. Der Wind heulte um das Haus, und überall knarrte und krachte es.

Aber sie konnte sowieso nicht schlafen. Sie war viel zu sehr damit beschäftigt, Rachepläne gegen Herrn Kellermann zu schmieden. Er sollte büßen für seine grausame Tat, und das nicht zu knapp. Wie sie es anstellen sollte, war ihr zwar noch nicht klar, aber ihr würde schon etwas einfallen.

»Du weißt auch genau, daß er Mitzi auf dem Gewissen hat, nicht wahr, Morli. Du hast ihn gesehen.« Fest drückte sie ihr feuchtes, verweintes Gesicht in sein seidiges Fell. »Ach, wenn du nur sprechen könntest, Morli! Du würdest mir die ganze Wahrheit erzählen. Und dann müßten sie uns glauben. Wir beide wissen es besser, nicht wahr, wir wissen es besser.«

Morli lag dicht an sie gekuschelt auf der Bettdecke. Seine Nähe und Wärme gaben ihr Trost und ein Gefühl der Geborgenheit. Mit ihm an ihrer Seite war sie nicht mehr allein mit ihrem Kummer und ihrer unendlich großen Trauer.

»Aber ich schwöre dir, Morli, wir werden uns an ihm rächen, ganz, ganz bitter rächen.«

Unergründlich leuchteten die Augen des Tieres in der Dunkelheit.

Am nächsten Morgen war der Himmel wieder blau, so als wäre nichts gewesen. Nur abgeknickte Äste, bunt verstreute Papierfetzen und einige heruntergefallene Dachziegel zeugten von der Heftigkeit und ungebremsten Kraft des nächtlichen Sturmes.

Kein Lichtschimmer drang durch die Jalousien in das Zimmer. Ermattet von den Erlebnissen des Vortages lag Susanne noch in einem tiefen, traumlosen Schlaf. Nur Morlis Platz an ihrer Seite war schon leer.

Gedämpftes Klappern drang aus der Küche, wo die Mutter das Frühstück vorbereitete. Pfannkuchen, vielleicht munterte das Susanne wieder etwas auf. Die Hintertür stand leicht offen, und ein kühler Luftzug strich durch die Küche.

Langsam wanderte Herr Siebert um sein Haus und inspizierte die Beschädigungen der vergangenen Nacht. Oben im ersten Stock waren die Fensterläden von Susannes Zimmer noch geschlossen. Daneben hing das Spalier nur lose an seiner Halterung. Der Wind hatte einen Teil heruntergerissen.

Leise knirschte der Kies unter seinen Füßen. Er bemerkte es nicht, als sich ganz sachte ein schwarzer Schatten an ihm vorbeischob und lautlos im Gebüsch verschwand.

Auch Herr Kellermann auf dem Nebengrundstück begutachtete gerade die Schäden, die das Unwetter auf seinem Besitz angerichtet hatte. Besonders das Scheunendach war arg in Mitleidenschaft gezogen worden. Viele Dachziegel hatte es heruntergeworfen und zerschlagen.

Mißmutig fluchte er vor sich hin, während er sich vorsichtig zwischen den Scherben hindurchmanövrierte. Daher sah er auch nicht, wie sich genau über ihm ein weiterer Dachziegel löste und über den Rand geschossen kam.

Es dauerte nur den Bruchteil einer Sekunde, bis er das Geräusch des herabfallenden Dachziegels hörte und nach oben blickte. Ehe er jedoch den Versuch machen konnte auszuweichen, traf ihn der Ziegel. Das letzte, was Herr Kellermann bewußt wahrnahm, war ein flüchtiger, schwarzer Schatten auf dem Scheunendach.

H. P. Karr & Walter Wehner

Doppelblind

Die Gans hing kopfüber an einem Galgen, und der Reiter, der unter ihr durchpreschte, schwang ein Holzschwert gegen das Tier. »Gänsereiten«, sagte Gonzo und gab das Foto zurück. »Na und?«

»Tiermord!« Fraukes Augen blitzten. »Sinnlose Gewalt gegen die Kreatur.« Ihr Begleiter nickte eifrig. Gonzo schätzte die beiden auf Mitte Zwanzig; Frauke war gut einen Kopf größer als er und bewegte sich mit der kraftvollen Lässigkeit einer durchtrainierten Sportlerin. Ihr Begleiter hieß Erik, verstrahlte ein unerträgliches Sunnyboy-Lächeln und trommelte hyperaktiv mit den Fingern auf die Glasplatte von Gonzos Schreibtisch. Vor einer halben Stunde hatte er angerufen: »Da steht ›Gonschorek Videoproduktion‹ im Branchenverzeichnis – kann man Sie auch irgendwie tageweise ... mieten?«

Erik zerrte ein paar Hunderter aus der Brusttasche seiner Jeansjacke. Die Hälfte der nächsten Miete. Wenn Gonzo Glück hatte, verlangten diese Kinder nicht mal eine Quittung.

»Wir sind von der Gruppe *Die Hasen*. Wir machen aktiven Tierschutz!« erklärte Erik eifrig, während Fraukes Blick durch Gonzos Loft wanderte, über den ordentlich aufgeräumten Schnittplatz mit den Recordern und Monitoren an der Längswand bis hin zu dem chaotischen Privatbereich am Fenster. »Übermorgen veranstaltet der Heimatverein Wattenscheid so ein Gänsereiten. Für uns ist das keine Traditionspflege, sondern brutale Gewalt. Wir werden dagegen protestieren. Anarchistisch, phantasievoll, wenn Sie verstehen?«

»Verstehe.« Gonzo langte nach dem Geld.

Frauke legte ihre Hand auf die Scheine. »Dokumentieren Sie die Aktion. Wir brauchen die Aufzeichnungen für unsere Medienarbeit. Okay?«

Die Gans baumelte an einem Seil zwischen zwei Birken. Gonzo checkte die Kameraakkus und machte die Suzie aufnahmebereit.

»Jetzt!« sagte Frauke hinter Gonzo. Sie hatte ihn vor einer halben Stunde mit ihrem postgelben Kleinwagen an der Ausfahrt Wattenscheid-West abgeholt und hergelotst. Sie schlang ihre Arme um ihn, um ihn beim Schwenk zu stützen. Gonzo drehte sich mit dem Okular am Auge zu dem Reitertrupp an der Startmarkierung, nahm den Gänsereiter, der schwertschwingend lospreschte, in der Totalen und folgte seinem Ritt. Die Zuschauer stöhnten auf, als die Gans unter seinem Hieb Federn ließ. Der Hals des Tieres hing nur noch an ein paar Sehnen. Beim nächsten Durchgang würde der Wattenscheider Gänsereiterkönig feststehen.

Fraukes Hand glitt über Gonzos Hose. »Alles okay?«

»Sicher«, sagte Gonzo heiser. Auf dem Platz am Rand von Bochum stank es nach Pferdemist. Am Feldrand stand ein Jauchewagen. Unter den Zuschauern, die die Bierstände und Grillbuden umlagerten und sich mit Bratwurst, Reibekuchen und Pommes Rot-Weiß vollstopften, schlichen ein paar Jugendliche in grauen Kapuzenhemden herum.

Der Lärmpegel schwoll an. Am Start machte sich der kommende Gänsereiterkönig bereit. Frauke stützte Gonzo wieder. Er spürte ihre kleinen Brüste und registrierte, wie sie mit den Händen unter seinen Hosenbund glitt.

»Gleich!« murmelte sie ihm ins Ohr. »Erik kommt von links.«

Gonzo schwenkte zu den Zuschauern hinüber. Für einen Moment glaubte er an eine Halluzination, als er Pless, fast kahlköpfig, übergewichtig und mit seiner unvermeidlichen Polaroidkamera am Handgelenk, unter den Neugierigen entdeckte. Pless war beim Verfassungsschutz in Düsseldorf, und Gonzo hatte ihn und seinen Kollegen Lenartowicz als paranoides Chaotenteam in denkbar schlechter Erinnerung. Als Gonzo weiterschwenkte, entdeckte er dann auch den schlacksigen Lenartowicz in einer grünen NFL-Jacke, der sich die Kennzeichen der Wagen am Waldrand notierte.

»Höher!« zischte Frauke. »Auf dem Feld, du Idiot!«

Gonzo zog das Bild auf und erwischte gerade noch Erik, der auf einer Motocross-Maschine über den Rübenacker heranpreschte und mit durchdrehenden Reifen in den Parcours der Gänsereiter einbog. Keiner hatte bemerkt, daß inzwischen einer der Kapuzenhemdträger aus der *Hasen*-Truppe an einer der Birken hochgeklettert war und das Seil losmachte. Die Gans fiel herunter, Erik angelte den Kadaver im Vorbeifahren aus dem Dreck und raste davon.

Die Zuschauer brüllten und liefen durcheinander. Bloß die Säufer am Bierstand behielten die Ruhe – allerdings nur so lange, bis der erste von ihnen das schwarzbraune Rinnsal bemerkte, das ihm zwischen den Füßen durchlief. Gonzo setzte die Suzie neu an und filmte die beiden Figuren in dunklen Kapuzenhemden, die auf dem Jauchewagen herumturnten. Aus dem Ausfluß sprudelte es dunkelbraun. Der ätzende Gestank traf Gonzo wie ein Faustschlag. Die Kapuzenhemden machten, daß sie davonkamen. Sie enterten einen rostigen

Bully, der langsam am Waldrand herangerollt war und jetzt mit aufheulendem Motor davonraste. Als Gonzo ihm nachschwenkte, bekam er wieder die beiden Birken ins Bild, zwischen denen jetzt ein rotes Transparent hing:

Kampf dem Tiermord.

Autonome Tierschützer DIE HASEN.

Der Geruch der Gülle hing noch in seinen Klamotten, als Gonzo seinen Kombi eine Stunde später durch die Toreinfahrt an seinem neuen Firmenschild vorbeisteuerte: *Gonschorek Videoproduktion, TV und Werbung*.

Im Hinterhof stand ein schwarzer Audi mit Düsseldorfer Kennzeichen. Gonzo rangierte den Wagen in seine Lücke, holte die Kamera, die Bänder und die Akkus von der Ladefläche und schleppte alles hoch in die erste Etage. Die Tür zu seinem Loft war nur angelehnt.

»Immer hereinspaziert.« Pless hockte hinter Gonzos Schreibtisch. Der Computer war eingeschaltet und verlangte mit blinkendem Cursor nach einem Passwort. Vor sich hatte der Verfassungsschützer die Wodkaflasche aus Gonzos Kühlschrank stehen. »Dein Türschloß war kaputt. Wir haben solange auf deine Sachen aufgepaßt.«

Lenartowicz lümmelte sich in dem Drehstuhl am Arbeitstisch herum und hörte sich den Polizeifunk aus Gonzos Funkscanner an. »Verstoß gegen das Fernmeldeanlagengesetz!« meinte er.

»Was soll der Mist?« Gonzo stellte seine Sachen ab und schob automatisch die Kameraakkus ins Ladegerät.

»Dann wollen wir mal sehen.« Lenartowicz holte das Band vom Gänsereiten aus der Kamera und schob es in einen der Recorder.

»Unterstützung von verfassungsfeindlichen Bestrebungen.« Pless hob seine Polaroidkamera und machte sicherheitshalber ein Bild von Gonzo. »Setz dich«, sagte er. »Was hast du mit diesen *Hasen* zu tun?«

»Rein beruflich«, sagte Gonzo. »Und ihr?«

Pless spitzte die Lippen. »Täglich aber droht dem Menschen vom Menschen Gefahr«, meinte er. »Seneca, falls dir das was sagt.«

Gonzo schüttelte den Kopf. »Seit euch die RAF abhanden gekommen ist, fehlt euch wohl das richtige Feindbild?«

»Erik Lommel und Frauke Landgraeber«, meinte Pless. »Junge, idealistische Menschen. Aktiv und engagiert für ihre Ziele. Kämpferisch. Das hat damals genauso angefangen. Die Kommunen, die Demos, die Kaufhausgeschichten ...« Er musterte Gonzo und verglich das, was er sah, mit dem sich entwickelnden Polaroid. »Wenn wir damals früher am Ball gewesen wären, wäre einiges in diesem Land anders gelaufen.«

»Na klar«, sagte Gonzo.

Lenartowicz drückte ein paar Knöpfe an Gonzos Recorder. »Uuups«, sagte er. »Das tut mir jetzt aber leid.«

Gonzo sah, wie er die Passage löschte, auf der die beiden Verfassungsschützer zu sehen waren. Dann ließ Lenartowicz die Kassette aus dem Schacht schnappen und schob sie in ein Fach des Regals, in dem Gonzo die Bänder seiner letzten Aufträge aufhob.

»Ihr spinnt ja wohl beide!« Gonzo wollte aufspringen, aber da war Pless auch schon bei ihm und drehte ihm den Arm auf den Rücken. Gonzo heulte auf.

Lenartowicz kam herüber. »Trink erst einmal etwas«, meinte er fürsorglich und schraubte die Wodkaflasche auf. »Du gönnst dir ja sonst nichts!« Er stieß Gonzo den

Flaschenhals zwischen die Zähne und hielt ihm die Nase zu.

»He!«

Gonzo öffnete die verklebten Augenlider. Er lag auf dem Boden und spürte jeden einzelnen Knochen. Draußen war es dunkel. Im Loft brannte das Licht. Frauke hockte neben ihm. Ihm wurde schlecht. Sein Schädel brummte.

»Geht's wieder?« fragte Frauke.

Gonzo kroch zu seinem Schreibtisch und hievte sich in den Ledersessel. Erik machte sich an Gonzos Kühlschrank zu schaffen, dann streifte er unruhig auf seinen Designer-Turnschuhen durchs Loft. »Wo ist das Band von meiner Aktion?«

Gonzo hob den Kopf, weil er das Gefühl hatte, daß er dann schneller begreifen würde. Frauke ging zur Schnitteinheit, holte die Kassette aus dem Regal und schob sie in den Recorder. Die Bilder von Eriks Stuntfahrt flimmerten über den Monitor.

»Tolle Aktion«, jubelte Erik. »Gute Bilder!«

Frauke hob die Wodkaflasche auf. »War jemand hier? Als wir eben gekommen sind, war die Tür offen.«

Gonzo wollte den Kopf schütteln, ließ es dann aber doch lieber sein. Frauke packte die Wodkaflasche in den Kühlschrank. Erik ließ seine Fahrt zurücklaufen. »Was ist das denn?« Wo Lenartowicz die Löschtaste gedrückt hatte, flimmerte Schnee über den Schirm.

»Blindband«, murmelte Gonzo. »Braucht man später beim Schneiden.« Hoffentlich war der Junge kein Videofreak.

»Er muß unbedingt bei der Laboraktion mitkommen«, jubelte Erik und ließ seine Fahrt nochmal durchlaufen. Frauke hockte sich auf Gonzos Bett und schüttelte den Kopf.

»Frauke arbeitet in so einem Labor, wo sie Kosmetika an Schweinen und Kaninchen testen«, sprudelte Erik heraus. »Tagescremes, Shampoos, Badezusätze und den ganzen Kram. Sie schmieren den Tieren das Zeug in die Augen und sehen sich seelenruhig an, wie sie die Geschwüre kriegen oder blind werden. Eine ganze Batterie mit zwanzig Kaninchen. Wir holen sie Samstag nacht raus.«

Gonzo sah zu Frauke. Ihr Gesichtsausdruck war undurchdringlich. Erik ließ die Kassette von der Gänsereiter-Aktion aus dem Recorder schnappen. »Das hier macht die Leute nicht betroffen. Sie müssen sehen, wie Tiere für die Schönheitsindustrie gequält werden.« Er kam zu Gonzo herüber und sah ihn mit glänzenden Augen an.

Junge, idealistische Menschen! dachte Gonzo und sagte: »Ihr kennt ja meinen Tagessatz.«

Der rostige Bully stand in einer Parkbucht vor dem hellen Flachbau. Gonzo parkte den Kombi ein paar Plätze weiter, holte die Suzie mit dem aufgeklemmten Scheinwerfer heraus und pirschte sich in der Dunkelheit an der Hauswand entlang. *International Beauty Academy – Institut Professor Dr. Seltmann* stand auf dem Messingschild.

Vor zwei Stunden hatte Frauke angerufen und ihm die Adresse gesagt. »Komm rüber. Wir warten.«

»Psst!« Ein halbes Dutzend Gestalten und Kapuzenhemden kam aus der Deckung des Windfanges. Sie hatten ihre Gesichtstücher hochgezogen. Nur Erik und Frauke waren nicht maskiert. Erik trug sein Jeanszeug,

Frauke hatte eine dunkle Windjacke an. Sie postierte sich neben Gonzo: »Fang an!«

In Gonzos Kameralicht schraubte Erik den Ziehfix ans Sicherheitsschloß und knackte den Zylinder. Die Tür schwang auf. Die Tierschützer huschten mit ihren Turnschuhen lautlos über die grauen Granitplatten des langen Flurs. Erik machte sich an einer Tür mit dem Schild *Tiere 1* zu schaffen. Weiter hinten hörte Gonzo ein dumpfes Rumoren.

»Das sind die Schweine«, flüsterte Frauke ihm ins Ohr. Sie stützte ihn wieder beim Drehen, und Gonzo spürte ihre Hände an seinen Hüften nach vorn gleiten. »Ein Eber und zwei Sauen, für Hautversuche.«

Sie bugsierte Gonzo in das offene Labor. Die *Hasen* waren schon bei der Arbeit. Erik sprühte mit Autolack irgendwas von *TIERMORD* an die Wand, die anderen holten die Kaninchen aus ihren Drahtkäfigen und packten sie in die blauen Müllsäcke, die sie mitgebracht hatten. Die Tiere glotzten mit entsetzten Augen ins Kameralicht und fiepten zum Gotterbarmen. Gonzo sah ein paar Geschwüre und eitrige Wunden im Fell. Frauke hielt ihn fest, als er herumschwenkte, um den Rückzug der *Hasen* aus der Tierstation in einer Einstellung zu drehen. Als Assistentin war sie perfekt. Vielleicht konnte er sie gelegentlich anheuern, damit sie ihm bei speziellen Einsätzen den Rücken freihielt.

Als sich ihre Hände in seinen Hüften verkrallten, ahnte er, daß etwas nicht stimmte. Auf dem Gang brüllte Erik los, Gonzo hörte lautes Schweinegrunzen, und jemand brüllte: »Ihr spinnt ja wohl, ihr Arschlöcher!«

Gonzo riß die Kamera im gleichen Moment herunter, in dem Frauke ihn auf den Gang hinausstieß. Die Tür zum Schweinestall stand auf. Im tanzenden Lichtkegel seines Scheinwerfers sah Gonzo, wie Erik mit einem grauhaarigen Kerl in Clinch lag. Der Grauhaarige schwang seinen großen Schweinetreiber, und Erik versuchte, dem Elektroschocker auszuweichen, während seine Kapuzenjungs mit ihren Müllsäcken an den beiden vorbei zum Ausgang rasten.

»Scheiße!« keuchte Frauke neben Gonzo. »Wieso ist der Pfleger denn hier?«

»Raus!« brüllte Erik ihr und Gonzo zu, während er den Grauhaarigen gegen die Wand preßte und mit ihm um den Schweinetreiber rang. Gonzos Herz hämmerte. Er betete, daß der Pfleger sich sein Gesicht nicht zu genau angesehen hatte. Sonst brachte ihm diese beknackte Aktion mindestens ein halbes Jahr auf Bewährung ein. Mit einer plötzlichen Bewegung schaffte Erik es, dem Grauhaarigen die Hand mit dem Elektroschocker herumzudrehen. Dabei mußte er an den Auslöser gekommen sein, denn der Pfleger zuckte plötzlich zusammen und taumelte benommen zu Boden. Er kam wieder hoch und versuchte, mit dem Schocker in der Hand zum Schweinestall zurückzukriechen. Erik raste zum Ausgang.

»Weg hier!« Frauke versetzte Gonzo einen Stoß. Er lief hinter Erik her nach draußen. Der Motor des Bully lief schon. Im Haus gegenüber ging im Erdgeschoß das Licht an.

Die Kapuzenjungs hockten wie paralysiert auf der Ladefläche, zwischen ihren Müllsäcken mit den befreiten Karnickeln. Erik zerrte an der Schiebetür.

Als Gonzo zu seinem Kombi hastete, entdeckte er, daß er immer noch den Aufnahmekopf der Suzie festhielt. Drüben ging im Erdgeschoß ein Fenster auf. Gonzo riß die Heckklappe auf und warf die Kamera auf die

Schaumgummimatratze. Frauke kam aus dem Institut, mit einer Hand hielt sie sich ihre Windjacke zu. Eriks Bully schoß aus der Bucht auf die Fahrbahn und preschte davon. Frauke rannte zu Gonzos Kombi und warf sich neben ihn auf den Beifahrersitz. Sie zitterte. »Fahr zu!« keuchte sie, und Gonzo fuhr.

»Ja!« Frauke saß auf ihm und bewegte ihr Becken mit der gleichen sportlichen Lässigkeit, mit der sie vor drei Tagen in Gonzos Loft gekommen war. Ihre Brüste schimmerten feucht im Licht der Stehlampe neben Gonzos Feldbett. Sie massierte Gonzo, steigerte das Tempo, verlangsamte es wieder und hatte alles unter Kontrolle. Gonzo wollte sie herunterziehen, aber sie bog den Oberkörper zurück. »Nicht!«

Sie zitterte noch ein bißchen, aber jetzt nicht mehr vor Streß. Auch Gonzos Anspannung ließ langsam nach. Nachdem sie vorhin gemeinsam seine Ausrüstung in das Loft geschleppt hatten, war alles ziemlich schnell gegangen; sie hatte von hinten die Arme um ihn geschlungen, als er die Akkus ins Ladegerät schob, und sich an seiner Hose zu schaffen gemacht. »Komm! Ich brauch das jetzt!« Auf dem Weg zum Bett hatten sie sich aus den Kleidern geschält, und Gonzo hatte sich gerade noch im letzten Moment ein Kondom aus seiner Zigarrenkiste unterm Bett angeln können.

In Fraukes Stöhnen mischte sich das Geknatter des Polizeifunks aus dem Scanner. Gonzo hatte ihn eingestellt, um zu hören, ob wegen der Aktion irgendetwas Besonderes unternommen wurde. Bis jetzt war nur eine Einsatzmeldung für die Adresse des Institutes durchgelaufen.

Frauke bewegte sich schneller, half sich mit den Fingern, und dann konnte auch Gonzo sich nicht mehr zurückhalten. Sie glitt zu ihm herunter und leckte ihm einen Schweißtropfen von der Nase. »Puh. Das war gut.«

Sie blieb noch eine Weile bei ihm liegen, dann stand sie auf und tapste zum Kühlschrank. Aus den Augenwinkeln sah Gonzo, wie sie auf dem Weg ihre Windjacke aufhob, zusammenrollte und wieder hinlegte. Sie kam mit zwei Dosen Bier zurück. Schweigend riß sie die Verschlüsse auf und reichte ihm eine.

Gonzo trank, sah sie an und hörte mit halbem Ohr, wie im Polizeifunk wieder die Adresse des Institutes durchgegeben wurde. »Leichenwagen bitte, außerdem Kriminaldauerdienst, Spurensicherung und Gerichtsmedizin«, verlangte der Streifenführer. »Männliche Person auf dem Gang im Institut tot aufgefunden, wohl der Tierpfleger. Schwere Schlagverletzung am Kopf, wahrscheinlich von einem stumpfen Gegenstand.«

Frauke sah Gonzo an und trank einen Schluck Bier. Gonzos Gedanken schlugen wilde Purzelbäume. Er kroch vom Bett und wollte zu ihrer Windjacke. Sie kam hinter ihm her, schlang ihre Beine um seine Hüften und hielt ihn fest.

Gonzo machte sich frei und zog unter ihrer Jacke den Schweinetreiber hervor. Am Griff war ein Plastikschild: *International Beauty Academy*. Halbgetrocknetes Blut und ein paar graue Haare klebten über der Schrift.

Frauke nahm ihm den Schocker aus der Hand und drückte Gonzo auf den Rücken. Mit den Beinen hielt sie seine Oberschenkel fest. Sie sah ihn an. »Denk nicht zuviel nach«, sagte sie. »Das könnte gefährlich werden.«

Sie richtete das Gerät auf Gonzo. Er sah die beiden Kontaktelektroden am Ende des Schaftes. Ihm brach der

Schweiß aus. Fraukes Blick nach zu urteilen war er für sie im Moment nichts anderes als eine Laborratte.

»Du schwitzt!« sagte sie und setzte ihm die Elektroden an die Stirn. »Schweiß leitet Strom sehr gut. Was meinst du, wie es deinem Gehirn geht, wenn ich abdrücke?«

Gonzos atmete flach. »Warum?« fragte er.

»Falsche Frage.« Sie lächelte geschäftsmäßig. »Du machst deinen Job, und ich mache meinen.«

Es gab keine andere Möglichkeit, überlegte Gonzo. Erik hatte den Pfleger nicht mit dem Schocker geschlagen. Und Frauke war die letzte im Institutsgebäude gewesen.

Sie verschob den Schocker an Gonzos Schläfe und legte sich auf ihn; er spürte ihre Brüste und die kräftigen Schenkel. Ein Schweißtropfen fiel von ihrer Stirn auf Gonzos Wange. Sie leckte ihn weg. Ihre Zunge war klein, flink und feucht, ihr Atem heiß. Gonzo zweifelte keinen Moment daran, daß sie ihm ohne weiteres ein paar tausend Volt durch den Kopf jagen würde, wenn er etwas sagte, was ihr nicht gefiel.

Ein junger, engagierter Mensch! dachte er. Anarchistisch, phantasievoll und absolut durchgeknallt.

»Bitte Nahbereichsfahndung«, meldete der Polizeifunk. »Dunkler VW-Bully, Kennzeichen E-ZT, Rest unbekannt. Wagen ist mit mehreren Personen besetzt und wurde gegen Mitternacht am Tatort gesehen.«

»Erik hat sich immer ein aufregendes Leben gewünscht«, sagte Frauke. »Jetzt kriegt er es. Ich denke, er geht mit den *Hasen* in den Untergrund. Der Kampf beginnt, verstehst du?«

Gonzo leckte sich die Lippen. Sein Hals war rauh. Er räusperte sich. Warum hatte sie mit dem Mord an dem

Tierpfleger aus ein paar spinnerten Tierschützern plötzlich gesuchte Kriminelle gemacht? Falsche Frage! hämmerten seine Gedanken. Woher hatte sie bei ihrem Besuch mit Erik gewußt, in welches Regalfach Lenartowicz vorher die Kassette mit den Gänsereiter-Bildern gesteckt hatte?

Sie löste den Schockstab von Gonzos Schläfe und drückte auf den Auslöser. Der knatternde Funkenbogen versengte Gonzos Haare. Er bäumte sich auf, aber Frauke warf ihn aufs Bett zurück und setzte ihm den Stab wieder an die Schläfe. Die heißen Elektroden brannten auf seiner Haut.

»Bei der Laboraktion war deine Kamera kaputt«, sagte sie. »Oder willst du, daß sie dich drankriegen wegen Beihilfe und Mitwisserschaft? Immerhin geht es um Mord.«

Gonzo krächzte etwas, was man gut als »Nein« deuten konnte.

»Und denk dir auch nichts, wenn du Erik und seine Leute später mal im Fernsehen siehst«, sagte sie. »Kann gut sein, daß die noch ganz groß rauskommen.«

Mit dir ganz bestimmt, dachte Gonzo. Wenn du zusammen mit Pless und Konsorten die *Hasen* zur gewaltbereiten Politgruppe aufgebaut hast. Arbeitsplatzsicherung à la Verfassungsschutz.

»Haben wir uns verstanden?« Sie leckte ihm den Schweiß von der Stirn. Er nickte vorsichtig.

Sie setzte den Elektrostab ab und rutschte vom Bett. Gonzo blieb liegen und sah zu, wie sie in ihre Kleider schlüpfte. Den Stab steckte sie wieder unter die Windjacke. Dann holte sie die Kassette mit den Bildern der Institutsaktion aus Gonzos Kamera und steckte sie sich in den Hosenbund. An der Tür drehte sie sich noch einmal um, als müsse sie sich vergewissern, daß Gonzo noch da war. Dann ging sie.

Gonzo rappelte sich auf und wankte zum Fenster. Er sah sie unten aus dem Haus kommen und in den schwarzen Audi mit dem Düsseldorfer Kennzeichen steigen. Auf dem Rücksitz saß jemand in einer grünen NFL-Jacke und auf der Hutablage erkannte er eine Polaroidkamera. Der Wagen rollte vom Hinterhof.

Gonzo brauchte dringend einen Wodka. Aber nachdem er den Kühlschrank aufgemacht hatte, wußte er, daß auch der Wodka nicht helfen würde. Die Gans lag auf dem mittleren Rost. In ihrer Brust steckte Gonzos Brotmesser, der Hals hing über den Rand, und an ein paar Sehnen baumelte der Kopf über dem Gemüsefach. Gonzo wurde klar, daß er es nicht mehr bis ins Bad schaffen würde, und übergab sich in die Spüle.

Peter Minz

Rotkäppchen und Bruce, der Wolf

»Nun maule nicht. Denk daran, daß du bald wieder Geburtstag hast und daß Oma doch immer schön großzügig ist.«

»Aber muß ich deshalb so abartig rumlaufen?«

Die Abartigkeit bestand aus schwarzen Lackschuhen mit Schnalle, weißen Kniestrümpfen, einem schwarzen Samtkleid mit weißem Spitzenkragen und einer schwarz glänzenden halbrunden Haarspange aus teurem Holz, die ein Geschenk ihrer Großmutter war und sich nun in ihr langes Blondhaar grub.

»Marina, ich möchte jetzt nicht diskutieren«, sprach die Mutter und reichte der Tochter einen Weidenkorb, der gefüllt war mit teuren Lebensmitteln, Duftflacons, Spirituosen und anderen Kleinigkeiten, mit denen sich Großmütter die alten Tage verschönern.

Marinas Mutter meinte, daß ihre Mutter aufgrund des hohen Alters schon bald sterben könne, und wollte hinsichtlich des Testaments nichts riskieren.

»Sei brav, geh hin, sei nett und komm vor acht zurück, ja?« Sprach's, küßte Marina auf die Wange und schob die Maulende sanft, aber nachdrücklich aus dem Haus.

Also ging das Mädchen, das schon dreizehn war und deshalb nicht aussehen wollte wie zehn oder gar achtzig, in der morgendlichen Julihitze zu seiner Großmutter.

»Ein Jungfrauenbeerdigungskleid – und dann bei dem Wetter«, grummelte sie, »die spinnen doch alle.«

Ihr Elternhaus lag am Stadtrand, das ihrer Großmutter am Rande des Waldes. Dazwischen waren ausgedehnte, menschenleere Wiesen, durch die ein Feldweg führte.

Auf diesem blieb Marina stehen und schaute sich um, ob sie schon außer Sichtweite der Mutter sei. Sie war es, und darum nahm sie flugs die Spange aus dem Haar und warf sie in den Korb – die würde sie wieder aufsetzen, bevor sie bei der Alten ankam. Zur Krönung ihrer wiedergewonnenen Freiheit zog sie feixend eine feuerrote Baseballkappe unter dem ätzenden Kleid hervor und setzte sie, vor Coolness beinahe platzend, – richtig herum – aufs blonde Haar. *Teen Spirit* war mit schwarzem Garn daraufgestickt; sie war ein Geschenk ihres Vaters zu ihrer ersten Menstruation. Marina sah voll verschärft aus mit dem Teil, das wußte sie wohl, vor allem, wenn sie sich nur damit bekleidet vor dem Spiegel reckte.

So ging sie weiter und pfiff sogar ein fröhliches Lied.

Mit blutverschmiertem Maul und ebensolchen Pfoten kam Bruce, wie er sich nannte, aus dem Haus der alten Frau und wollte gerade in das schützende Dunkel des Waldes laufen, als er ein fröhliches Pfeifen hörte und den lieblichen Duft von jungem, schweißgewürztem Menschenfleisch erschnupperte. Schnell überwand er seine natürliche Scheu, änderte die Richtung, lief ein paar Meter auf das Pfeifen zu und sah sich plötzlich einem Mädchen gegenüber, das ein schwarzes Kleid und eine schwarze Spange im Haar trug und bei seinem Anblick erschrocken stehenblieb.

»Oh, oh«, machte Marina, straffte das Kreuz und begann, langsam rückwärts zu gehen. Ein Wolf! Ein blutverschmierter!

»Keine Angst, mein Kind, ich tu dir nichts«, sprach Bruce hastig und ging nun selbst langsam rückwärts, bis er mit dem Hinterteil an die halboffene Tür des Häuschens stieß. Schnell sprang er zur Seite, um dem Mädchen den Weg freizumachen.

»Geh da lieber nicht hinein«, sagte der Wolf mit bekümmerter Miene dem Menschenkind, das ihm nunmehr gefolgt war.

»Warum nicht?« fragte es argwöhnisch. »Hast du sie gefressen?«

»Oh nein, nein.« Er schüttelte den Kopf. »Ich habe Aas gerochen und war ein wenig hungrig. Sie muß letzte Nacht gerissen worden sein. Ich habe nur ein bißchen – äh – genascht.« Fast schien er sich dafür zu schämen.

Natürlich ging Marina hinein. Den Korb stellte sie an der Tür ab. Es stank. Angewidert nahm sie eines der Parfumfläschchen, öffnete es und hielt es sich aufatmend unter die Nase. Vor der Leiche ihrer Großmutter blieb sie stehen.

Diese war buchstäblich zerfetzt worden. Zweifellos von einem Tier. Von einem Raubtier!

Bruce kam hinterhergetrottet und stellte sich neben das Mädchen, obwohl ihm beinahe übel wurde von dem Gestank des Parfüms.

»Natürlich warst du das«, sagte Marina, »oder willst du mir weismachen, hier schwimmen Haie herum?« Grimmig fuhr sie Bruce an. »Hat's denn wenigstens geschmeckt?«

Das Tier war verdutzt. Sie schien eher wütend als traurig zu sein, und Angst hatte sie wohl auch nicht.

Auch paßte ihr Benehmen ganz und gar nicht zu ihrem Äußeren. Ob er aus den Menschen jemals schlau werden würde? Es genügte wohl nicht, ihre Sprache zu sprechen und ihre Filme zu sehen.

Marina starrte wieder auf die Leiche – gleichermaßen angeekelt und fasziniert. Tote hatte sie bisher nur im Fernsehen gesehen – Tausende laut Statistik – und in den Horrorvideos ihres kleinen Bruders: *Zuckende Kutteln* und so.

Sie schüttelte den Kopf. »Das schöne Geld«, seufzte sie und rief in einem Anfall von Verzweiflung: »Ich hab in zwei Wochen Geburtstag, und ich hab ihren Hunderter schon fest eingeplant!« Sie feuerte einen Blick auf den Wolf ab, der diesen erschrocken zurückspringen ließ.

»Aber ich war es doch gar nicht!« rief er. »Ich habe sie nicht zerfleischt!«

Sie donnerte das Parfumfläschchen in seine Richtung, ohne den Flüchtenden zu treffen. »Jaja, nur genascht!« fauchte sie. »Ich hab schon verstanden!« Sie überlegte kurz und stürmte dann auf die alte Schrankwand zu, ein Second-Hand-Geschenk ihrer Eltern zu Großmutters Siebzigsten.

»Vielleicht hat sie's hier versteckt.« Schnell schöpfte Marina Hoffnung. Vielleicht würde sie sogar noch viel mehr finden. Alte Frauen gehen doch nicht gern zur Bank, oder? Eines war jedenfalls klar: Wenn sich erst ihre Eltern die Mäuse gekrallt hätten, könnte sie die Karten für das *Hosen*-Konzert abschreiben.

Nach knapp einer Stunde anstrengendsten Suchens hatte sie dreihundertvierundsiebzig Mark zweiundachtzig, leuchtende Augen und rosige Wangen. Großmutters Häuschen sah nun zwar aus, als hätte Schwarzenegger dort Araber gejagt, aber sei's drum: Irgendwie paßte es nun zu der Leiche.

Marina war jedenfalls wieder bester Laune. Kein ätzendes Geschwafel mit der Alten, genug Geld fürs Konzert und die nächsten zwei Wochen und einen Korb voll Schokolade und anderer Muntermacher. Sie stürmte trällernd ins Freie, zog sich mit den Fußspitzen die Schuhe aus und schleuderte sie ins Gras, zerrte sich die Strümpfe von den Beinen, riß sich die Spange aus dem Haar und zog sich hastig das Kleid, das mega-ätzende, vom Leib. Dann setzte sie sich ganz langsam – richtig herum – die ultra-coole rote Kappe wieder auf.

Teen Spirit, las Bruce, der hinter einem Busch lauerte. Darüber hatte er mal was gehört. Hechelnd starrte er sie an und grinste. Sie trug nur Slip und BH und schien recht appetitlich zu sein.

Sein Maul und die Pfoten waren mittlerweile saubergeleckt, während Marinas Mund schokoladenverschmiert und kirschlikörbenetzt in der Sonne glänzte. Bruce nagte interessiert an dem großen Räucherschinken, den sie ihm überlassen hatte – nicht aus Dankbarkeit, sondern weil sie aus gesundheitlichen und ethischen Gründen Vegetarierin war (eine Phase, wie ihre Eltern unisono meinten) – und wartete ebenso interessiert die Wirkung des Alkohols auf das junge Mädchen ab.

Sie rülpste laut. »Alles alle«, kicherte sie, »erst Oma und jetzt der Korb.«

»Hast du denn keine Angst, daß du die nächste sein könntest?« fragte der Wolf kühl, während er langsam den Kopf in ihre Richtung drehte.

»Willst du mich killen, Bruce, ihihihihihi?« Marina schüttelte sich vor Lachen.

Kein Respekt mehr, die Jugend. Er seufzte. Wölfe schienen nur noch kleinen Kindern und alten Frauen Angst einzujagen. Aber war das nicht konsequent? Schließlich hatten die Menschen die Wölfe nahezu ausgerottet, und nicht die Wölfe die Menschen.

»Ein bißchen mehr Ehrfurcht könntest du schon zeigen«, knurrte er. »Ich bin ein Wolf in den besten Jahren, und wenn ich wollte, könnte ich dich schon zum Schreien bringen.«

Sie hielt inne und schaute ihn süß und warmherzig an. »Beweise es«, säuselte sie.

»Was? Du *willst* auch noch gefressen werden?« Bruce war ehrlich empört. »Neigst du zum Selbstmord, oder was? Du bist wohl auch so ein typisches Exemplar deiner Generation, der nichts mehr heilig ist, weder Staat noch Familie, ja nicht einmal das eigene Leben?« Er stand auf. »Jugendliche, die keine Werte mehr kennen, Egoisten, die nur noch an Geld und Spaßhaben interessiert sind -« Er schnappte nach Luft.

»Quatsch«, unterbrach Marina ihn, »ich bin aber auch kein Hamilton-Mädchen, wenn du das erwartet hast.« Sie war verärgert. »Wo hast du denn bloß diesen ganzen Blödsinn her? Und wieso kannst du überhaupt mit mir reden?«

Bruce hatte seine Fassung wiedergewonnen und legte sich wieder hin. »Das ist kein Blödsinn, sondern die grausame Realität eurer Spezies. Schau dich doch um!« Er schien diese Realität sehr ernst zu nehmen. »Und warum ich mit euch sprechen kann«, fuhr er fort, »weiß ich nicht. Eines Tages konnte ich es halt.«

Ihre Miene hellte sich auf. »Bist du etwa ein verzauberter Prinz?« fragte sie mit gespieltem Klein-Mädchen-Staunen. »Soll ich dich küssen, ihihihihihi, auf den

Mund?« Sie beugte sich blitzschnell vor und griff ihm an die Brust, die stark behaarte. Bruce schnellte hoch und sprang zur Seite. Sein Appetit war fürs erste verflogen.

Der Tag neigte sich seinem Ende zu, die Sonne leuchtete rot im Westen. Sie tauchte das junge Mädchen, das nunmehr nackt über die Wiesen wirbelte und von Zeit zu Zeit seine rote Kappe in die Luft warf, um sie jauchzend wiederaufzufangen, in ein warmes Licht, welches das Kind mit der Natur zu verschmelzen schien.

Bruce lag vor dem Haus und sah dem Treiben der Kleinen fasziniert und wieder hungrig zu. Es sollte alles seine natürliche Ordnung haben, dachte er, der Mensch tötet den Wolf, und der Wolf tötet den Menschen – jedenfalls wenn er die Tollwut hat.

»Und du hast wirklich keinen Scheiß erzählt?« rief Marina zu ihm herüber. »Du schleichst dich wirklich abends zu den Häusern der Menschen, guckst durchs Fenster und schaust fern?«

Sie hielt das für komisch. Hatte sie da nicht recht? Sollte er nicht lieber zu den Menschen schleichen, um ihre Kinder zu reißen? Er stand auf. »Kein Scheiß!« rief er zu ihr hinüber und wunderte sich über seine Wortwahl. Dann rannte er auf sie zu.

Hat sich in jener Nacht der Himmel aufgetan ob des Frevels, der unter ihm geschah? Haben Blitze das Firmament zerrissen und Donnerschläge die Erde erzittern lassen? Hat sich der Boden geöffnet wie das Maul eines hungrigen Riesen, um das Geschlecht der Sterblichen unwiederbringlich zu verschlingen?

Nö. Keine Wolke verdunkelte den Glanz der Sterne, kein Grollen vernichtete die Stille. Die Luft war wunderbar warm und duftete nach Jung-Mädchen-Parfum. Alles war wie immer, dort auf der Wiese, am Rande des Waldes. Die einen Tiere schliefen, die anderen jagten oder wurden gefressen. Und sanft verdrängte der junge Tag die Nacht.

Mit offenen Augen lag Marina reglos auf dem Bauch. Lange Kratzer zogen sich vom Hals den Rücken hinunter, aus manchen perlte Blut. Kein Atem, kein Schmerz. Nur der Gesang der Vögel. Das Summen der Insekten. Ein Schmetterling auf ihrem Haar. Zwei Fliegen auf ihrem Fuß. Sommer! Tief atmete sie ein, blinzelte, stützte sich auf den Händen ab, hob den Oberkörper an und reckte den Po in die Höhe. Sie straffte die Schultern, streckte den Po nach hinten und die Arme nach vorn und krallte die Finger ins Gras. Dann atmete sie aus, gähnte herzhaft, entspannte sich, und plumpste seitwärts ins Gras. Und war glücklich. Sie schaute zum wolkenlosen Himmel hinauf. Vögel flogen. Sie hörte Bruce kommen, seinen Atem, und richtete sich auf. Im Maul trug er einen Hasen. Er ließ ihn neben Marina fallen. »Unser Frühstück«, sagte er verliebt.

»Nee, nee«, wehrte sie ab, »ich bleibe vegetarisch.« Und ins Haus gehen, um ihn zu braten, wollte sie schon gar nicht.

So begnügte sie sich mit dem Rest der am Vortag gepflückten Brombeeren, während er den Hasen aß, roh natürlich.

Später saßen sie einfach nur im Gras und schwiegen. Sie war, von ihrer roten Kappe abgesehen, immer noch unbekleidet, und er kuschelte sich an ihre seidige Haut.

»Ich würde gern ein Rudel gründen«, sagte Bruce plötzlich, was sie etwas zu verwirren schien.

Marina zögerte mit einer Erwiderung.

»Du-uu? Wieso nennst du dich eigentlich Bruce?« lenkte sie schließlich ab.

Er lächelte verlegen. »Weil ich *Isegrim* gräßlich finde, und weil ich Bruce Willis mag, den Schauspieler.«

»Echt?« Beinahe hätte sie aufgelacht. »Du? Ich dachte, so einer wie du steht mehr auf Schnarchfilme.«

»Oh nein. Ich mag Actionstreifen. Nur gut gemachte, natürlich. So richtige Kracher.« Seine Augen glänzten. »Allerdings«, fügte er mit strenger Miene hinzu, »pflege ich die Gewalttätigkeiten in solchen Filmen durchaus kritisch zu hinterfragen.«

»Fein.« Marina strahlte ihn an. »Weißt du was? Ich werde dir eine ganz coole Sonnenbrille schenken.«

»Das ist lieb von dir«, sagte er leise.

Wieder schweigen sie eine Weile.

»Und warum heißt du Marina?« wollte er dann wissen.

»Weil ich am Steinhuder Meer gezeugt wurde.«

Schweigen.

Dann löste er sich aus ihrer Umklammerung und stellte sich neben sie. »Eigentlich wollte ich dich töten.«

Sie lächelte. »Und uneigentlich?«

Ein Schuß knallte, sein Kopf explodierte, Blut spritzte über ihre Brüste. Bruce lag im Gras. Tot.

»Bist du verletzt, Mädchen?« Ein Jäger kam aus der Deckung des Waldes. Er wußte gar nicht, was er von alldem halten sollte. Es hatte nicht so ausgesehen, als sei das Kind in Gefahr. Aber er war der Jäger, die alte Frau im Haus war tot, Wolf war Wolf, und Tollwut war Tollwut.

Sie sah ihn stumm und regungslos an. Er kam langsam näher, packte das Tier und zerrte es mit mißbilligendem Blick auf ihren Körper von Marina weg.

»Machst du hier FKK?« fragte er kühl.

»Was? Oh ja, jaja.« Sie hatte sich blitzschnell wieder unter Kontrolle, ihr Instinkt war stark.

»Ich dachte, es ist nur ein Hund, und deshalb hab ich ihn gestreichelt.« Was sollte es! Bruce war tot, und sie blieb Mensch unter Menschen.

»Da bin ich ja gerade noch rechtzeitig gekommen«, lobte sich der Jäger. »Das war ein Wolf, eine richtige Bestie. Er hat die alte Frau dort im Haus zerrissen. Wußtest du das nicht?«

Marina stand auf. Sie schämte sich nicht. »Was? Nein. Nein.« Sie schaute dem Jäger fest in die Augen. »Da haben Sie mir ja wohl das Leben gerettet, nicht wahr?«

»Na, allerdings«, bekräftigte er. »Und jetzt zieh dich lieber wieder an und geh nach Hause.«

Sie nickte stumm, ging zu ihren Sachen, ohne ihn aus den Augen zu lassen, wischte sich so gut es ging das Tierblut ab, zog sich an – das Kleid, die Strümpfe, die Schuhe -, nahm den Korb mit der Spange und der Kappe und dem Geld und ging nach Hause.

Der Jäger blickte ihr nach. Nein, nein, diese jungen Dinger waren nichts für ihn. Eine Frau mußte schon Holz vor der Hütte haben, um ihn zu erregen. Er schaute hinab auf den Wolf. Gut, daß er ihn erwischt hatte. Er würde problemlos den Mörder der Alten abgeben.

Aber dann bekam der Jäger Angst. Es war das einzige große Raubtier hier in der Gegend. Wen könnte er das nächste Mal als Sündenbock vorzeigen? Oder mußte er wieder wegziehen? Mußte er wieder fliehen, damit man ihm nicht auf die Schliche käme?

Könnte er doch nur einem Menschen, einem einzigen, vertrauen, ihm von seinem Schicksal erzählen, ohne ausgelacht oder getötet zu werden! Der müßte ihn dann regelmäßig einsperren, hinter dicken Eisentüren, so daß er keine Gefahr mehr für die Menschen sein würde.

Wäre er damals nur nicht hinausgegangen in die Nacht ...

Er fürchtete sich vor dem nächsten Vollmond.

Helga Anderle

Für eine Handvoll Knochen

Alles in allem ist es unsereins ziemlich egal, wo man lebt; ob in einer Altbauwohnung in der City, in einer dieser trostlosen Satellitenstädte oder in einem schnuckeligen Einfamilienhaus im Grünen, mit einem großen Garten drumherum. Da sind wir echt nicht heikel. Auch was die Herrschaften angeht, mit denen man zusammen haust, hat unsereins keine eindeutigen Präferenzen, schließlich hat man sich in 20.000 Jahren friedlicher Koexistenz aneinander gewöhnt. Einem Hund geht es vor allem darum, Gesellschaft zu haben, wobei es ihn nicht kümmert, ob die Zweibeiner hübsch oder häßlich sind, jung oder alt, arm oder reich, beknackt oder sonst was. Hauptsache, man bekommt ausreichend zu fressen und mindestens drei- bis viermal am Tag Gelegenheit, Gassi zu gehen. Nicht einfach drauflos ins Blaue, nein, unsereins möchte in seinem Revier bestimmte sorgfältig ausgesuchte Marksteine abgehen: Den einen oder anderen Feuerhydranten entlang des Weges, gewisse Sträucher und Bäume, die auch von anderen Artgenossen bevorzugt werden, Ecksteine und Eingänge ausgewählter Gebäude und besonders natürlich Autoreifen, wobei mir die Marken, unter uns gesagt, völlig wurscht sind.

Auf diese Weise lernt man mit der Zeit natürlich auch die im Revier ansässigen Zweibeiner kennen. Dem einen oder anderen nähert man sich freundlich mit dem Schwanz wedelnd; anderen, die man nicht riechen kann, droht man schon von weitem mit gefletschten Fangzähnen und angsteinflößendem Geknurre. Auch wenn allgemein behauptet wird, der Hund sei eine

Kreatur, die sich gern unterordnet und sich bei jedem Dahergelaufenen anbiedert, so trifft das auf mich ganz und gar nicht zu. Ich bin da sehr wählerisch und überlege mir genau, wem ich meine Gunstbezeugungen erweise und wem nicht. Wehe dem, den ich nicht mag! Ja, das kann für den Betreffenden – ohne Übertreibung – zuweilen durchaus bedrohlich werden; wobei, lassen Sie sich das gesagt sein, die Gefährlichkeit eines Hundes nicht von seiner Größe abhängt, er braucht auch nicht mit dem Killerinstinkt eines Pitbull-Terriers ausgestattet zu sein. Ein kleiner, mit allen Wassern gewaschener Tibet-Terrier ist diesen muskelbepackten Rambos nämlich sowohl an Schlauheit wie an Gefährlichkeit weit überlegen. Ich mag zwar mit meinen braunen Knopfaugen, dem wuscheligen grau-weißen Fell und dem fedrig-buschigen Schwanz wie ein herziges Plüschtier aussehen, aber das täuscht. In meinen Genen schlummern die Intelligenz, der Mut und die hinterhältige Natur des Wolfs – des Urahns unserer Gattung.

Nachdem Sie jetzt schon einiges über meine Vorlieben und Abneigungen erfahren haben, möchte ich anstandshalber nicht versäumen, mich vorzustellen. Pompejus ist mein Name. Zugegeben, für einen so kleinen Hund wie mich klingt der Name eines römischen Feldherrn ein wenig übertrieben, aber meinen Besitzern erschien er gerade wegen dieses Widerspruchs als das Nonplusultra. Ich lebe jetzt schon seit einiger Zeit bei den Krasnitzas, einem kinderlosen Ehepaar. Wir wohnen in einem hübschen Haus in einem Vorwort von Wien, und obwohl es von einem großen Garten umgeben ist, bestehe ich auf regelmäßigen Spaziergängen in der Umgebung. Ich brauche ja nicht zu wiederholen, warum.

Herrchen ist viel unterwegs. Er verdient das Fressen für sich und Frauchen, mein Chappi und die Extras, wie zum Beispiel meine über alles geliebten zarten Kalbsknochen, als Pharma-Vertreter. Es liegt mir fern, ihm in beruflicher Hinsicht dreinzureden, aber diese Geschäftsreisen mißfallen mir in letzter Zeit immer mehr. Nicht nur, weil ich es gern habe, wenn das Rudel beisammen ist und ich dann von Herrchen und Frauchen gleichermaßen mit Leckerbissen und Streicheleinheiten verwöhnt werde, sondern weil ich instinktiv spüre, daß sich während seiner Absenzen etwas Ungutes anbahnt. Ich hab dafür einen untrüglichen Instinkt, weil ich all die Symptome noch von meinen Erstbesitzern kenne.

Ich bin sozusagen eine Scheidungswaise; als die Ehe in die Brüche ging, stritten sie sich erst um mich, am Ende wollte mich keiner von beiden haben – und ich landete im Tierheim. Eine schreckliche Zeit, ersparen Sie mir die Details, bis mich die Krasnitzas zu sich nahmen und mir wieder ein Zuhause schenkten. Als Gebrauchthund weiß man das sehr zu schätzen.

Im Gegensatz zu Herrchen, der, wenn er einmal zu Hause ist, den Abend am liebsten ganz bequem und leger vor der Glotze hockt, Chips futtert und Budweiser trinkt, ist Frauchen umso unternehmungslustiger. Sie trifft ihre Freundinnen, geht oft ins Theater, besucht Vernissagen und Lesungen.

In letzter Zeit allerdings ... Na ja, hätte ich nicht diesen ausgeprägten Familiensinn, wer weiß?

Ich war also an diesem Abend, wie so oft in letzter Zeit, allein zu Haus. Mein Abendmenü, gekochtes Truthahnfleisch mit Gemüse- und Getreideflocken, war bereits verspeist, und ich döste satt und zufrieden vor mich hin, als ich im Unterbewußtsein – ganz schläft unsereins nie – die Gartentür ins Schloß fallen hörte. Bevor ich dazu kam, den ersten Laut von mir zu geben, stand Herrchen plötzlich vor mir. Vermutlich wissen Sie, daß unsereins über ein sehr ausgeprägtes Zeitgefühl verfügt; normalerweise kann ich ziemlich genau vorhersagen, wann Herrchen kommt, und dann erwarte ich ihn schon, mit all dem Pipapo, das zu einer anständigen Begrüßung gehört und das die Zweibeiner immer so rührt. Aber diesmal war ich völlig überrumpelt worden und daher echt konsterniert. Ähnlich erging es Ilse, meinem Frauchen, die etwas später eintrudelte. Sie blieb wie angewurzelt an der Tür stehen und war so verdattert, daß sie mein Begrüßungsgehopse glatt ignorierte.

»Mein Gott, Florian ... hast du mich erschreckt«, stotterte sie und holte tief Atem, »was machst du denn da?«

»Na hör mal ... ich wohne doch hier! Du tust ja gerade so, als würdest du einen Geist sehen«, meinte Herrchen leicht amüsiert.

»Ich dachte ... ich dachte, du wärst in Salzburg«, sagte Ilse, immer noch um Fassung bemüht.

»Ist etwas dazwischengekommen ... fahr erst morgen«, erklärte Herrchen und fragte im gleichen Atemzug, »sag, kannst du mir was zum Essen machen, ich hab einen Bärenhunger!«

Als ob er ein Zauberwort gesagt hätte, kam wieder Leben in Frauchen. Sie warf ihren Mantel über einen Stuhl, schlüpfte aus ihren Pumps und sagte: »Ich muß zuerst im Eisschrank nachsehen ...«

»Spar dir die Mühe, das hab ich schon. Außer der Hundewurst und den Chappi-Dosen ist nichts Anständiges da ... wie immer ...« Am Ton seiner Stimme konnte ich erkennen, daß er nun verärgert war.

»Ich kann dir Salat machen. Es ist Joghurt da und Karotten«, meinte Frauchen.

»Karotten? Bin doch kein Hase ...«

»Bestimmt nicht, Hasen haben keinen solchen Fettwanst wie du«, bemerkte sie.

Ich verdrehte die Augen. Herrchen und ich sind einem guten Happen nicht abgeneigt, deshalb fühle ich mich in dieser Hinsicht mit ihm solidarisch. Es mißfiel mir, wie respektlos Frauchen mit ihm sprach. Bevor die Sache eskalierte, mußte ich eingreifen. Ich sprang an Herrchen hoch und leckte ihm die Hand. Er begriff sofort.

»Na schön, ich werd was gegen meinen Fettwanst tun und mit dem Hund noch eine Runde drehen«, sagte er und erhob sich.

Ich begann mich vor Begeisterung im Kreis zu drehen, denn ich wußte, was das zu bedeuten hatte. Wir würden zwei Häuserblocks entlang spazieren, in die Kastanienallee einbiegen und in dem kleinen Heurigenlokal am Ende der Straße einkehren. Das Buffet dort ist Spitze, es gibt knusprigen Schweinsbraten, Geselchtes, Backhendl, und Herrchen ist beim Teilen nie kleinlich. Ich war zwar an diesem Abend schon satt, aber für solche Leckereien ist bei mir immer noch Platz.

Beim Abschied am nächsten Morgen begleitete ich Herrchen noch bis zum Gartentor. Irgendwie hatte ich das Gefühl, daß er noch etwas auf dem Herzen hatte, und so war es tatsächlich.

»He, mein Junge, paß mir ja gut auf sie auf, hörst du?« flüsterte er mir von Mann zu Mann ins Ohr.

Ich zwinkerte ihm komplizenhaft zu und gab ihm mit der Pfote mein Ehrenwort. Das war genau die richtige Aufgabe für mich.

Aufmerksam verfolgte ich, wie Frauchen sich zum Ausgehen fertig machte. Obwohl ich ihr zu verstehen gab, daß ich mitgehen wollte, ließ sie die Leine am Haken und versprach, bald wieder da zu sein.

Denkste! Ich war fast schon verhungert, als sie zurückkam. Als ich die Taschen, aus denen es verlockend duftete, inspizieren wollte, verjagte sie mich unfreundlich.

»Geh weg, Pompejus! Nimm ja deinen dreckigen Rüssel da raus!«

Spätestens jetzt war mir klar, daß etwas im Busch war, aber was?

Frauchen hielt sich verdächtig lange im Badezimmer auf und vergaß doch glatt meinen gewohnten 16 Uhr-Spaziergang. Endlich kam sie raus – mit einer kalkweißen Maske im Gesicht. Ja, ich geb's zu, bei ihrem Anblick sträubten sich meine Nackenhaare, und ich erschreckte mich so, daß ich sie verbellte.

Je später der Nachmittag, desto merkwürdiger wurde ihr Verhalten. Sie legte Platten auf, tanzte aufgekratzt durch die Wohnung, zupfte dauernd imaginäre Staubkörnchen von den Möbeln und besprühte sich aufdringlich mit Parfüm. Mich beachtete sie gar nicht, als ob ich Luft sei. Ich konnte mir auf dieses Getue überhaupt keinen Reim machen, doch bald sollte sich das Rätsel aufklären.

Es war wohl so gegen neun, als ich draußen ein Geräusch vernahm. Auf dem Kiesweg näherten sich Schritte, die ich nicht auf Anhieb identifizieren konnte, und dann läutete es an der Tür. Gespannt bezog ich dahinter Position und ließ mein furchterregendstes Gekläffe aus der Gurgel. Leute, die nicht wissen, daß ich nur eine Handvoll Hund bin, könnten das Gebell ohne weiteres für das eines Bernhardiners halten, und dank seiner abschreckenden Wirkung sind wir bisher noch nie von Einbrechern heimgesucht worden. Aber diesmal schimpfte mich Frauchen deswegen aus, stieß mich grob von der Tür weg und befahl mir zu kuschen, ehe sie öffnete.

Es war wieder dieser Franzl, der sich gelegentlich bei uns blicken ließ, wenn Herrchen außer Haus war. Franzl ist für mich das, was für einen Stier ein rotes Tuch ist. Das erste Mal, als ich ihn – wie es meine Art ist – angesprungen hatte, war er kreischend durch den Garten geflüchtet. Frauchen hatte mich erst in die Abstellkammer einsperren müssen, bevor sie ihn überreden konnte zurückzukommen. An sich sind die Freunde meiner Besitzer auch meine Freunde, einzige Ausnahme ist dieser Franzl. Ein äußerst penibler Typ, wie aus dem Ei gepellt, und zudem ein notorischer Hundehasser, der meinesgleichen für dreckige, unappetitliche, stinkende und ekelerregende Krankheitsverbreiter hält.

Nachdem er Frauchen die mitgebrachten Blumen überreicht hatte, wollte er diesmal offenbar auch bei mir um Sympathie buhlen und mich am Kopf streicheln. Ich wich aus, trat ein paar Schritte zurück und knurrte ihn böse an. Es war ihm anzusehen, daß er mir am liebsten einen Fußtritt verpaßt hätte, aber er war clever genug, es in Frauchens Anwesenheit nicht zu tun. Stattdessen sagte er nur: »Da schau her, dein kleiner Liebling scheint mich nicht zu mögen!«

Frauchen kicherte vor Verlegenheit und sah mich vorwurfsvoll an: »Sei ein braver Hund, Pompejus, und laß den Franzl gefälligst zufrieden, hörst du!«

Mich kann man nicht so leicht einschüchtern, trotz Verbots blieb ich dem Hundefeind hart auf den Fersen, obwohl es mich innerlich zerriß. Ich hörte nämlich, wie Frauchen in der Küche den Kühlschrank öffnete. Das, was sie an Leckereien auf dem Tablett hereinbrachte, trieb mir den Sabber ins Maul. Da gab es echten Lachs, Kaviar, hauchdünn geschnittenen Prosciutto, mit Preiselbeeren garnierte Pastetchen ... Alles für diesen Kümmerling ... und Herrchen setzte sie Joghurt und Karotten vor.

In Erwartung eines Happens sprang ich abwechselnd an Franzl und Frauchen hoch. Franz schüttelte mich angewidert ab. »Verschwinde, dein Gestank verdirbt einem ja den Appetit!« Und zu Frauchen sagte er: »Kannst du dieses lästige Vieh nicht wegsperren, meine Hosen kommen gerade aus der Reinigung!«

Bevor mich Frauchen wegscheuchte, verzog ich mich lieber freiwillig. Um zu meditieren, auch wenn es die Menschen irrtümlich für Schlafen halten ...

In mir gärte es. Ich brauchte rasch eine Inspiration, denn das, was sich da vor meinen Augen abspielte, ging mir schwer gegen den Strich ...

Es dauerte, bis Franzl das Tablett leergefressen hatte. Überflüssig zu erwähnen, daß er für mich nicht einmal einen Krümel übrig ließ. Während sie es sich auf der Couch bequem machten, pirschte ich mich wieder heran. Jedesmal, wenn Franzl näher an Frauchen heranrückte, sprang ich dazwischen. Nichts half, und so schnappte ich mir zuletzt sein übergeschlagenes Bein und spielte Aufreiten. Die Zweibeiner sind darüber immer sehr schockiert und interpretieren es fälschlicherweise als sexuellen Annäherungsversuch. Franzl jedenfalls reagierte völlig hysterisch, gerade, daß er nicht auf den Tisch sprang. Dabei jammerte er unaufhörlich wegen seiner frischgebügelten Hosen und kündigte an, auf der Stelle zu gehen.

Frauchen entschuldigte sich auch noch bei ihm. Mir drohte sie unmißverständlich, mich in die Abstellkammer einzusperren, und so beschloß ich, es gut sein zu lassen, und zog mich beleidigt zurück. Was versäumte ich schließlich schon? Mit diesem verfressenen, vulgären Kerl wollte ich nichts zu tun haben.

Mich ein wenig auf dem Vorzimmerteppich zu wälzen und danach meine Streckübungen zu machen, konnte nicht schaden. Es bringt frischen Sauerstoff ins Hirn, belebt den Kreislauf und hilft, die Gedanken zu ordnen. Kann ich Ihnen nur wärmstens empfehlen. Man streckt zuerst die Vorderpfoten, eine nach der anderen, und zieht sich gleichzeitig genüßlich in die Länge. Ist man mit jeder Pfote durch, macht man zuletzt noch eine Art Katzenbuckel. Ich war gerade beim dritten Übungsdurchgang, als sich die beiden erhoben und eng umschlungen die Treppe hinaufstiegen ... auf das Schlafzimmer zu.

Ich war außer mir, das hatten sie vorher noch nie gemacht. Kleine Winsellaute ausstoßend, lief ich hinter ihnen her. Ich suchte Frauchens Blick, um ihr meinen Protest zu signalisieren, aber sie hatte nur Augen für diesen Franzl. Ich dachte an mein Versprechen, das ich Herrchen gegeben hatte, und war fest entschlossen, ins Zimmer zu schlüpfen. Franzl machte mir einen Strich durch die Rechnung.

»Jetzt reicht's aber, entweder er oder ich! Du willst diesen Köter doch nicht zusehen lassen! Schaff diese lästige Promenadenmischung endlich hier raus!«

Ich überlegte kurz, ob ich den Kerl in die Wade beißen sollte, aber beim Anblick seiner spindeldürren, haarigen Beine kam mir das Grausen. Daß er mich einen Köter schimpfte, konnte ich ihm gerade noch verzeihen, aber Promenadenmischung tat weh. Na ja, das Beste war wohl, ihn einstweilen zu ignorieren, denn daß dieser dahergelaufene Kerl mit meinem Stammbaum nicht mithalten konnte, war klar. Und mit meiner Intelligenz schon gar nicht.

Es liegt mir nicht, mit meinen Talenten zu prahlen, aber lassen Sie sich gesagt sein, ein tibetanischer Terrier verfügt über ein ganz beachtliches Repertoire an Kunstgriffen, um ein bestimmtes Ziel zu erreichen. Daher störte es mich auch nicht im mindesten, daß sie das Licht an der Treppe ausmachten, die Schlafzimmertür hinter sich schlossen und mich einfach draußen ließen.

Die Zeit war knapp, Skrupel konnte ich mir keine leisten. Rasch suchte ich die Sachen zusammen, die ich zur Durchführung meines Plans brauchte. Meinen Ball, den Quietschigel und den abgelutschten schlüpfrigen Knochen aus weicher Büffelhaut, an dem ich so gern herumknabbere. Während ich diese Requisiten an den strategisch richtigen Stellen auf den obersten Stufen der Treppe verteilte, mußte ich mitanhören, wie Frauchen im Schlafzimmer albern kicherte und gurrte. Angespannt lauschend legte ich mich auf die Lauer.

Es dauerte eine Weile, bis ich endlich einen Wagen kommen hörte. Darauf hatte ich gewartet. Mit einem Satz sprang ich zur Tür, begann wie verrückt daran zu kratzen und erbärmlich zu winseln. Von drinnen kam kein Geräusch. Ich legte noch einen Zahn zu, kratzte, japste und jaulte, bis Frauchen zur Tür kam. Kaum hatte sie sie einen Spalt geöffnet, schlüpfte ich rein, raste zum Bett, schnappte mir Herrchens Hausschuhe und war blitzschnell wieder draußen. Hinter mir stieß Frauchen einen spitzen Schrei aus. »Ach du lieber Gott, mein Mann!«

»Spinnst du? Der ist doch in Salzburg ...« sagte Franzl und wollte Frauchen wieder unter die Decke ziehen. »Der Hund ... er hat seine Pantoffel geholt und rennt damit zur Tür. Das gehört zum Begrüßungsritual, wenn Florian nach Haus kommt ... Du mußt schnellstens raus hier!« rief sie mit bebender Stimme.

Franzl fand das nicht witzig. Fluchend und schimpfend packte er seine Klamotten, schlüpfte, auf einem Bein balancierend, gleichzeitig in Jacke und Hose, verhedderte sich in der Eile.

»Beeil dich ... schnell«, feuerte ihn Frauchen an.

»Verdammt, ich seh nichts, mach das Licht an, sonst brech ich mir noch den Hals«, schrie Franzl, schon halb zur Tür draußen.

»Kein Licht«, widersprach Frauchen. »Willst du, daß er dich sieht?«

Ich atmete erleichtert auf. Mir konnte es nur recht sein, wenn sich dieser Widerling das Genick brach. Voller Schadenfreude beobachtete ich, wie Franzl bei seinem überstürzten Aufbruch auf den Ball trat und ins Rutschen geriet. Frauchen in panischer Angst knapp hinter ihm, stieß mit voller Kraft in ihn hinein.

Derart aus dem Gleichgewicht gebracht, erwischte sein Fuß nun den Igel. Sein lautes Quietschen bewirkte, daß Franzl endgültig die Nerven wegschmiß. Zu allem Überfluß trat er auch noch auf den abgelutschten Knochen, es schüttelte ihn vor Ekel, und nun gab es kein Halten mehr.

Wer zuletzt lacht, lacht am besten, dachte ich mir, während sein Allerwertester mit jeder einzelnen Stufenkante schmerzhaft Bekanntschaft machte.

Frauchen lief, die Hände zusammenschlagend und laut jammernd, hinter ihm her. Unten angelangt, versuchte sie ihn hochzuzerren. »Um Himmels willen, steh auf! Mach rasch, du mußt durch die Hintertür verschwinden!« In ihrer Stimme war jetzt nichts Süßes und Einschmeichelndes mehr, sie klang kalt und drängend.

Franzl sah leicht zerknittert aus, seine pomadisierten Haare standen wild vom Kopf ab, und er jaulte erbärmlicher als unsereins, wenn uns jemand auf den Schwanz tritt, als ihm Frauchen unter die Arme griff.

»Au, verdammt, mein Steißbein ... meine Rippen ... so drück mich doch nicht so fest, du dumme Kuh!«

Frauchen ließ los, so baff war sie, und Franzl plumpste wieder zu Boden.

Dumme Kuh! Das war die Höhe! Wortlos, und wie mir schien, ziemlich brutal, bugsierte sie ihren lädierten Liebhaber zur Hintertür hinaus. Sie kapierte erst jetzt, daß ihr Franzl keine Manieren hatte und sein charmanter Schmäh und sein siebensüßes Geschleime nichts als Theater waren. Die Episode war vorbei. Aus. Ende.

Mit zittrigen Fingern knöpfte sie ihr Negligé zu, blies sich eine lockere Haarsträhne aus dem Gesicht, fuhr sich mit der Zunge über die trockenen Lippen und ging zur Vordertür, um den Herrn des Hauses einzulassen. Von weitem hörte man das Zuknallen einer Autotür. Frauchen ließ einen tiefen Seufzer hören: »Geschafft ...«

Geschafft! dachte ich erleichtert und wedelte routinemäßig mit dem Schwanz. In Wahrheit tat ich es aus

Freude, daß mir mein Streich so toll geglückt war und weil Frauchen nun noch eine Überraschung erwartete.

Sie öffnete die Tür einen Spalt breit, gerade so weit, daß ich hinausflitzen konnte, um Herrchen am Gartentor zu begrüßen. Ich tat nichts dergleichen, sondern blieb neben ihr sitzen und gähnte. Nun öffnete sie die Tür sperrangelweit und steckte den Kopf hinaus. Alles war dunkel, nichts rührte sich. Kein Herrchen weit und breit ...

Verblüfft sah sie zu mir herunter. Ich zog die Unterlefze vor und grinste. Es dauerte ziemlich lang, bis sie endlich begriff, was los war. Lachend bückte sie sich und packte mich liebevoll am Schlaffitchen.

»Pompejus ... du kleiner Schlauberger ... du hast das alles inszeniert, was?«

Ich ließ mich ein wenig kraulen, dann nahm ich den Knochen ins Maul, der mit dem lieben Franzl die Treppe heruntergepurzelt war, und trottete zu meinem Lieblingssessel im Wohnzimmer.

Dank meines rasch improvisierten Eingreifens war der Fall Franzl erledigt. Der würde sich nie wieder hier blicken lassen, und Frauchen hatte hoffentlich aus der Lektion gelernt.

Ein leichtes Hundeleben, meinen Sie? Na ja, Sie werden zugeben müssen, daß sich unsereins zuweilen ganz schön anstrengen muß, um das Rudel zusammenzuhalten, oder etwa nicht?

Sylvia Schwartz

Peterles Rückkehr

Lena fährt hoch. War da oben nicht ein dumpfer Schlag zu hören, ein Aufprall? Lena hastet die Treppen hoch, reißt die Tür zum Kinderzimmer auf. Goldlöckchen liegt in ihrem Bett, das Fenster ist zu, der Rollbalken herunten, die Spielsachen in den Regalen. Nichts liegt herum. Lena schaut, ob die Bettdecke sich hebt und senkt, kann es nicht erkennen, schleicht sich an das rosa Bettchen, legt sachte die Hand auf den Rücken des Babys. Es atmet. Gott sei Dank, es atmet.

Lena schleppt sich die Treppen hinunter, sinkt in den Schaukelstuhl. Wie gerne würde sie sich jetzt ein Bad einlassen. Ein duftendes, heißes Bad mit Rosenblättern darin und mit Mozarts Forellenquintett im Hintergrund oder den ungarischen Tänzen. Sie würde sich einen Piccolo trocken aufmachen, dazu Orangensaft, ein paar gebrannte Mandeln, würde alles auf einem Tablett ins Bad tragen, in das neue rosa Marmorbad. Sie würde in die in den Boden eingelassene Wanne hinuntersteigen und eintauchen in die knisternde Wärme, die wohlige, sich zurücklehnen, die Rosenblätter treiben lassen, die Augen schließen. Sie würde ihren Körper und ihre Seele baden, würde sich forttragen lassen von der Musik.

Wieder fährt Lena hoch, hält den Atem an, lauscht. War da nicht eben ein Knarzen zu hören? Als würde die Küchentür einen Spalt weit aufgeschoben? Die Küchentür ist die einzige Tür im ganzen Haus, die knarzt, trotz mehrmaliger Ölungen.

Lena schleicht auf den Gang hinaus, schaut sich um. Kleine blitzende Funken sprühen, und in ihren Ohren rauscht es. Sie schleicht weiter über den Gang, hin zur Küche. Die Tür ist halb geöffnet. Lena gibt der Tür einen Schubs. Knarzend geht sie ganz auf. Die Küchenfenster sind geschlossen, die Tür zur Veranda nur gekippt. Am Tisch steht noch das Frühstücksgeschirr, Fliegen schwirren über den Marmeladenresten, Kiwimarmelade mit Banane. Die neueste Kreation der Schwiegermutter. Der Geschirrspüler steht offen, ist aber noch nicht ausgeräumt. Die Einkäufe von heute vormittag sind noch nicht verstaut.

Das Mittagessen für Goldlöckchen sollte jetzt langsam hergerichtet werden. Sie wird bald aufwachen und sicher hungrig sein. Lena sollte sich auch überlegen, was sie Bernd heute abend serviert. Sie sollte endlich die Einladungen schreiben, eine Liste für den Geburtstag anfertigen. Und sie sollte die Böden saubermachen. Lena verabscheut schmutzige Böden, haßt es, wenn Haare herumliegen. Menschenhaare, Tierhaare.

Lena sollte, aber sie ist erschöpft. Sie wird Frau Preminger bitten müssen, in Zukunft täglich zu kommen. Dreimal in der Woche saubermachen reicht einfach nicht für das große Haus. Sie selbst muß sich doch jetzt um Goldlöckchen kümmern.

Lena geht zur Bar, nimmt einen Schluck Cognac, schenkt nach. Und dringend muß sie sich um die Liste kümmern, um all die Vorbereitungen wie Geburtstagsgeschenke, Einladungen schreiben, das Essen zusammenstellen, die Dekoration. Sie muß! Heute noch! Goldlöckchen wird in zehn Tagen ein Jahr alt. Zehn Tage! Und noch einen Schluck Cognac.

Oben ist Goldlöckchen aufgewacht und jammert. Aber unten ist ein Geräusch zu hören, ganz bestimmt.

Als wäre jemand in die langen Reihen der Leerflaschen getappt.

Lena schenkt nach, trinkt. Es hat doch jetzt ganz deutlich geklirrt. Durch die offene Kellertür hat Lena es genau gehört. Oben schreit Goldlöckchen.

Lena hetzt die Kellertreppe hinunter, ihre Beine fühlen sich an, als wären sie mit nassem Sand gefüllt. Lena dreht das Licht im Vorratskeller an, schaut in die Regale. Die Kompott- und Marmeladengläser stehen in Reih und Glied, die Dosen, die Flaschen, auch die vielen Leerflaschen: Piccolo-Sekt, Gin, Whisky, Cognac. Nichts ist umgeworfen. Ordnung herrscht hier und Sauberkeit.

Oben plärrt Goldlöckchen. Lena will heulen, aber es brennt nur in ihren Augen, Tränen kommen keine.

Nicht einmal an dem kleinen Grab konnte Lena weinen. Nur stumm schreien, doch das hörte niemand. Und es hätte auch nichts geändert. Kein noch so lauter Schrei kann ihr den Sohn wiedergeben. Kein Ton der Welt macht ihn lebendig. Lena geht fast jeden Tag zum Friedhof. Sie pflanzt Vergißmeinnicht auf dem kleinen Hügel. Myosotis sylvatica hybride, haufenweise. Der kleine Hügel ist übersät. Und in Lena schreit und tobt es. Sie will es nicht wahrhaben, daß der kleine leblose Körper hier in die Grube gelegt worden ist und nie mehr aufstehen wird. Nie Mama sagen wird. Nie mit ihr lachen wird. Nie im Garten auf der Schaukel schwingen wird. Es war knapp vor seinem ersten Geburtstag. Sie stand vor seinem Bettchen. Er ganz kalt und starr. Und die vielen Stunden bei der Polizei, und die vielen Fragen. Und immer wieder dasselbe. Und die Katzenhaare des mächtigen Persers am Kopfpolster von dem kleinen Bettchen. Und Peterle, der seit diesem Tag verschwunden ist. Spurlos. Unauffindbar.

Peterle! Klein und zitternd lag er vor vielen Jahren im Regen. Durchnäßt bis auf die Haut. Lena hat das klatschnasse Knäuel ins Haus genommen. Die Eltern hatten nichts dagegen. Sie hat das schwarze Etwas Peterle genannt und aufgepäppelt. In einer Umhängetasche hat sie Peterle mit zur Uni genommen, zu Freunden, eigentlich überall hin. Peterle ist sogar mit Lena in die Badewanne gegangen. Aber nur mit Lena! Peterle ist an ihrem Körper groß geworden, und schwer. Er ist zu einem prächtigen langhaarigen Perser ausgewachsen. Einem Riesenkater mit wunderschönen bernsteinfarbenen Augen. Lena hat ihn mit frischer Leber und magerem Fleisch gefüttert, hat ihn gebürstet, ist regelmäßig mit ihm zum Tierarzt gegangen. Wenn Lena krank war, ist Peterle nicht von ihrem Bett gewichen, hat neben ihr gelegen, hat nichts gefressen, bis Lena wieder gesund war.

Jahre danach hat Lena geheiratet und ist zu Bernd in das große Haus gezogen. Ein Jahr nach der Hochzeit ist ihr Sohn auf die Welt gekommen. Ab da hat Peterle nicht mehr bei Lena geschlafen. Wo er sich in der Nacht aufhielt, hat Lena nie herausgefunden. Wenn sie aufgestanden ist, war er bereits wach und streunte im Garten oder Haus herum. Bis zu jenem unseligen Tag. Danach ist er nicht mehr gesehen worden.

Oben ist es still. Rasch richtet Lena den Karottenbrei her und den Latz. Wer weiß, wie lange es noch still sein wird. Ist Goldlöckchen erst einmal wach und hungrig, kann nur ihre Mahlzeit sie beruhigen.

Lena geht hinauf, um Goldlöckchen zu holen. Leise öffnet sie die Kinderzimmertür. Obwohl es wegen der heruntergelassenen Rollbalken ziemlich dunkel im Raum ist, sieht Lena sofort den riesigen schwarzen

Fleck am Kopfende des kleinen Gitterbettchens ihrer Tochter. Zwei bernsteinfarbene Schlitze funkeln sie an.

Lena schreit gellend auf.

Auch als die Polizei die Haustür aufbricht und Lena am Boden hockend im Kinderzimmer findet, schreit Lena. Ansonsten ist es totenstill im Haus.

Jürgen Ehlers

Das Huhn

Ach, Sie lesen Krimis? Wo Sie jetzt gerade beim Frühstück sitzen und Ihr Ei essen, will ich Ihnen mal schnell eine Geschichte erzählen, die ich neulich selbst erlebt habe. Angefangen hat alles mit einem Huhn. Der Gero hatte es plattgefahren, als er zu schnell bei uns durch die Einfahrt wollte. Dabei steht doch das Schild da: *Langsam fahren!* Das Schild mit dem übergepinselten ›v‹. Das hat Knut gemacht. Der hat Abitur, der ist pingelig bei solchen Sachen.

Und ich? Ich bin Messerwerfer von Beruf. Oder vielmehr: war Messerwerfer. Beim Zirkus. Ich hab mich zur Ruhe gesetzt, weil es mit den Augen nicht mehr so klappt und mit der ruhigen Hand. – Nein, nicht was Sie jetzt denken! Ich hab noch nie ein Messer im Zorn geworfen, schon gar nicht auf den Gero.

Wir sind zu fünft hier auf dem Wollsteinhof. Aber keiner von uns ist Bauer. Wir machen alternativen Landbau. Knut hatte mal angefangen, Forstwirtschaft zu studieren. Der kennt die Pflanzen. Bernd-Otto kann Trecker fahren, und Mireille, seine Frau, melkt die Kühe. Von Hand natürlich, wegen dem ›alternativ‹. Das heißt: keine Technik. Jedenfalls versteht Bernd-Otto das so.

Bernd-Otto ist unser Chef. Ihm gehört der Hof. Das alte Bauernhaus, der Stall, die Scheune, die zweieinhalb Hektar Land. Hat er geerbt, von seinem Onkel. Der hatte auch keine Ahnung von Landwirtschaft, so daß er nach und nach sein Land verkaufen mußte, bis er schließlich vor zwei Jahren gestorben ist. Da war zum

Glück noch dieser Rest übrig geblieben, und der ist gerade groß genug für uns. Die Kühe geben mehr Milch als wir brauchen, das Land gibt Getreide, und die Hühner legen Eier. Bis auf das eine, das der Gero plattgefahren hat, aber das haben wir noch gekocht, obwohl es beim Essen nachher eine böse Puhlerei gab mit all den Knochensplittern. Aber wir sind meistens etwas knapp dran und müssen alles verwerten, was wir haben.

Aber ich wollte von Gero erzählen. Also: Gero ist ein Schlawiner. Oder, besser gesagt, war ein Schlawiner. Jetzt ist er tot. Eigentlich hat er überhaupt nicht zu uns gepaßt. Er war ein richtiger Stadtmensch mit seinem schicken Auto und den maßgeschneiderten Anzügen. Unternehmer sei er, hatte er behauptet. Daß er gesucht wurde, haben wir erst später erfahren. Er war Gebrauchtwagenhändler gewesen und hatte mehr geschwindelt als die meisten, das war schließlich aufgefallen. Falsche TÜV-Plaketten! Da hatte er sich absetzen müssen.

Uns hat er dann erzählt, die Stadt gehe ihm auf die Nerven. Er brauche dringend Ruhe und Entspannung. Das Landleben sei gerade das richtige für ihn, und er sei sowieso alternativ eingestellt. Er erläuterte nicht, was er darunter verstand. Jedenfalls half er nicht mit bei der Arbeit. Wir hatten zwar gleich unsere Zweifel, ob er zu uns paßte, aber wir haben ihn aufgenommen. Schließlich sind wir sozial.

Ärger gab es schon bald, als Gero nämlich anfing, der Hannelore schöne Augen zu machen. Hannelore ist die Freundin vom Knut. Mit ihren Zöpfen sieht sie aus wie achtzehn, jedenfalls von hinten, aber sie ist in Wirklichkeit achtundzwanzig und damit zwei Jahre älter als Knut. Knut war mächtig aufgebracht wegen dieser Flirterei; er bezeichnete Gero als ›Kameradenschwein‹, womit er nicht ganz unrecht hatte, finde ich. Aber das hat er nur zu uns gesagt; gegenüber dem Gero hat er sich immer zusammengenommen.

Hannelore hat das alles nicht viel ausgemacht. Es gab ja immer Zeiten, wo Knut auf dem Acker beschäftigt war oder im Stall und wo man sich ungestört zu einem kleinen Plausch treffen konnte. Mir hat es mehr ausgemacht, denn Gero machte jetzt das, was ich sonst zu tun pflegte, aber das wußte er natürlich nicht. Und Knut auch nicht, versteht sich.

Wenn er die beiden im Heu erwischt hätte oder in seinem Bett, dann hätte er den Gero vielleicht erschlagen, aber dazu kam es nicht. Irgendwann stellte Hannelore fest, daß die goldene Brosche fehlte, die von ihrer Großmutter. Und obwohl niemand behauptete, Gero habe sie genommen, war es doch merkwürdig, daß sie einfach so verschwunden war. Jeder machte sich so seine Gedanken. Und die Beziehung zwischen Hannelore und Gero kühlte seitdem merklich ab.

Und dann die Sache mit dem Huhn. Gero war mal wieder in die Stadt gefahren, um Bier zu holen, hatte auch gleich reichlich davon probiert und kam nun etwas zu schwungvoll auf den Hof gebraust. Vielleicht wäre alles nicht so schlimm gewesen, wenn er nüchtern gewesen wäre. Aber als er unsere betretenen Gesichter sah, besonders das von Hannelore – für die sind unsere Tiere richtig Teil der Familie -, da hat er wiehernd gelacht.

»Das ist nicht komisch, Gero!« hatte Knut gesagt. Hannelore hatte Tränen in den Augen. Sie sah den Gero überhaupt nicht an. »So ein Schwein«, sagte sie nur immer wieder.

»Schon gut, schon gut! Ich werd's wieder gutmachen. Ich fahr gleich los und besorg uns was. Und nachher gibt's ein Fest, das versprech ich euch!«

Ja, und dann war er eine Stunde später mit dieser Jungsau wiedergekommen. Weiß der Teufel, wo er die aufgetrieben hatte. Gekauft hatte er sie vermutlich nicht. Aber da unsere Nachbarn kein Vieh haben, mußte er schon etwas weiter gefahren sein, war ja auch lange genug weg, so daß uns das egal sein konnte. Und dieses Tier, stellte er sich vor, sollte am Spieß gebraten werden. Wir sahen uns an. Wir verstanden uns auch ohne Worte.

Also haben wir das Schwein geschlachtet, mit einem von meinen großen Messern. War gar nicht so einfach. Wir mußten zu viert festhalten, und Bernd-Otto war als Schlachter nicht gerade überzeugend. Er hatte Bäcker gelernt, aber Brotschneiden war wohl einfacher. Es gab ein ziemliches Gemetzel. Hinterher mußten wir unser Zeug in die Wäsche tun, und Mareille hat die doppelte Menge Persil dazugegeben, damit alles wieder sauber wurde.

Am Abend saßen wir dann alle um ein großes Feuer auf dem Hof und tranken das Bier, das Gero mitgebracht hatte. Auf einmal war alles wieder ruhig und friedlich bei uns. Das Schwein haben wir natürlich nicht gegessen, versteht sich. Und die Jungsau, die der Gero mitgebracht hat, ist zu den anderen drei Sauen in den Stall gekommen. Die vier haben sich auch gleich angefreundet; ich glaube, die Tiere haben es richtig gut bei uns. Und im Herbst sammeln wir alle Eicheln und Kastanien, das haben wir uns vorgenommen.

Mareille hat einen Führerschein; die hat Geros Auto am nächsten Morgen in die Stadt gefahren und es genau da geparkt, wo Gero früher seine Firma hatte. Mareille hat Mut! Aber in der Stadt guckt ja meistens keiner, was so passiert; jeder geht seine eigenen Wege.

Gestern war so ein Kommissar bei uns, der hat sich nach Gero erkundigt, und ob er nicht mehr bei uns wohnt. »Nein«, hat Mareille gesagt, aber er solle doch reinkommen und sich gern einmal umsehen. Und dann hat sie ihn von unserem Topfkuchen probieren lassen, der schmeckt ganz toll, mit zehn Eiern, sowas backt heute sonst keiner mehr.

Schließlich ist er auch damit herausgekommen, warum er sich überhaupt für uns interessierte. Es sei nämlich etwas merkwürdiges passiert. Jemand habe das rote Auto vom Gero ganz dreist in der Marcellusstraße geparkt, vor seiner alten Firma, und dann habe derjenige einfach sein Fahrrad aus dem Kofferraum genommen und sei davongeradelt. – Da hatte also wieder mal jemand Mireille für einen Mann gehalten. Kommt öfter vor, seit sie die Haare kurz trägt. Aber das haben wir dem Typ natürlich nicht auf die Nase gebunden.

Nach dem Kuchen wollte sich der Kommissar noch ein bißchen die Beine vertreten. Er hat so getan, als ob er sich für unsere Landwirtschaft interessiere, und sich dies und das erklären lassen. Dabei hat er sich auf dem ganzen Hof umgesehen und in alle Winkel geguckt. Aber den Gero hat er nicht gefunden. Den hatten ja längst die Sauen gefressen. Unsere vier prächtigen Sauen, Bernd-Ottos ganzer Stolz. Sauen sind Allesfresser, sagt man. Jedenfalls fressen sie fast alles.

»Und die Knochen?« werden Sie jetzt vielleicht fragen. Nein, die Knochen fressen sie nicht. Die haben wir den Hühnern gegeben. Wegen dem Kalk. Oder wegen des Kalkes, wie Knut sagen würde. Jedenfalls brauchen sie den für die Eierschalen. Legemehl geht auch, ist aber teurer und überhaupt nicht alternativ. Kommt für uns nicht in Frage. Man muß die Knochen schön kleinschlagen, mit dem Hammer, und dann putzen sie alles weg, die Hühner. – Also, wenn Sie jetzt Ihr Frühstücksei essen, dann ist in der Schale vielleicht ein winziges kleines Stück von Gero. Aber nur, wenn Sie Eier von freilaufenden Hühnern kaufen, versteht sich. Darauf sollten Sie achten!

Jan Flieger

Auf Mord folgt Mord

Das Telefon läutete um ein Uhr nachts. Jonas Sänger schlug die Bettdecke zurück, fuhr mit seinen bloßen Füßen in die Pantoffeln, die neben der Schlafcouch standen, schlurfte zum Telefon auf den Flur und hob den Hörer ab.

»Ja?« grollte er abweisend.

Eine weibliche Stimme, mit einem seltsamen, metallischen Beiklang, war zu hören.

»Wir kriegen dich, du Tierquäler, dann, wenn du nicht mit unserer Rache rechnen wirst.«

Die Unbekannte legte auf.

»So ein Scheiß«, meinte Sänger.

Er war groß und stämmig und gerade fünfundvierzig geworden. Der Schlaf wollte nun, da er wieder im Bett lag, nicht mehr kommen, wohl auch, weil seine Frau, verängstigt durch den Anruf, ihn immer eindringlicher drängte, am nächsten Tag zur Polizei zu gehen.

Mit gefurchter Stirn lag Sänger in seinem Bett, lauschte der bebenden Stimme seiner Frau und fuhr sich wieder und wieder durch das dichte blonde Haar. Unerbittlich rückten die Leuchtzeiger des Weckers auf dem Nachttisch weiter.

»Laß mich schlafen«, fauchte er seine Frau an.

Endlich, gegen vier, döste Sänger ein. Als er um sechs erwachte, weil der Wecker schrillte, beschloß er, den Rat seiner Frau doch zu befolgen.

»Was machen Sie beruflich?« fragte der Polizeibeamte im Präsidium am nächsten Tag.

Sänger sprach von seinem Institut und den Forschungen, mit denen er sich persönlich befaßte.

»Sie machen Tierversuche«, stellte der Polizeibeamte nachdenklich fest und musterte Sänger mit scharfem Blick.

Sänger zwinkerte mit den Augen.

»Sie machen sehr ... harte Versuche?« wollte der Polizeibeamte wissen.

»Was meinen Sie damit?« fragte Sänger zurück.

»Na ja« sagte der Polizeibeamte. »Wo Tiere vielleicht sehr leiden müssen?«

Sänger winkte geringschätzig ab. Der Polizeibeamte schwieg minutenlang.

»Was haben Sie an dem Tag im Institut gemacht, als dieser Anruf kam, und in den Tagen davor?« Die Frage klang beinahe streng.

Jonas Sänger verzog den Mund. »Eine normale Versuchsreihe. Wir hoben Affen die Schädeldecke ab, führten ein Rohr in das Gehirn und eine Sonde hinein. Das war alles. Sie lebten dann noch weiter.«

»Aber ohne Betäubung?« forschte der Polizeibeamte.

»Ist das von Interesse?« winkte Sänger wütend ab.

Der Polizeibeamte brannte sich umständlich eine Zigarette an. Nachdenklich drehte er das Streichholz zwischen Daumen und Zeigefinger.

»Gewöhnlich drohen sie nicht« sagte er leise. »Sie sind einfach da. Ganz plötzlich.«

»Wer?« fragte Sänger überrascht.

»Es gibt da eine geheime Organisation«, antwortete der Polizeibeamte. »Diese Leute töten Personen, die Tierversuche machen. In ihren Augen – bestialische Tierversuche. Sie sind der Meinung, daß Menschen, die solche Tierexperimente durchführen, oft nur ihre perversen Lustgefühle befriedigen. Solche Gedanken treiben die Leute dieser Organisation zu krassen Taten. Dafür sind sie bereit, alles aufzugeben, die eigene Karriere, sogar ihre Freiheit, denn wir jagen sie natürlich.«

»Sie meinen«, fragte Sänger vorsichtig, »daß diese ... Organisation es nun auf mich abgesehen hat?«

Der Polizeibeamte rieb sich das Kinn.

»Diese Leute vertreten die Ansicht, daß jedes Wesen nur dieses eine, von Gott gewollte Leben hat. Tötet es einer, in sinnloser Weise, hat auch der den Tod verdient. Einer sagte beim Verhör: ›Auf Mord folgt Mord‹.« Die Augen des Polizeibeamten verrieten Sänger, daß er es ernst meinte.

»Mm«, machte der Polizeibeamte. »Wenn sie es offen tun, benutzen sie Sprengstoff. Sie bringen ihn unter den Autos an. Aber wir nehmen an, sie töten auch so, daß es aussieht wie ein Unfall. Man nennt das bei uns den perfekten Mord.«

Sänger fröstelte es plötzlich. »Wann schlagen diese Leute zu?«

»Völlig überraschend«, sagte der Polizeibeamte.

Ein dünner Schweißfilm erschien auf Sängers Stirn.

»Wo steht Ihr Auto nachts?« fragte der Polizeibeamte.

Sänger schluckte trocken. »In der Garage an meinem Haus. Das Grundstück bewacht Rex. Ein Pitbull. Scharf wie eine Rasierklinge. Keiner kann ihn anfassen. Seit zwei Jahren bin ich mit ihm auf dem Hundeplatz.«

Der Polizeibeamte nickte. »Und wo parken Sie das Auto am Institut?«

»Ich werde mich vorsehen«, meinte Sänger.

»Sie können es gewesen sein«, sagte der Polizeibeamte leise, »aber auch nicht.«

Sänger schloß das Tor zu seinem Grundstück auf und fuhr den Wagen zur Garage. Vorsichtig stieg er aus.

Der Pittbull schoß heran, so wie es seine Art war, blitzschnell, auf leisen Pfoten und beinahe lautlos. Erst einen halben Meter vor Sänger stoppte er seinen Lauf. Es war ein schöner Hund, schlank und weiß. Nur über dem rechten Auge war ein großer schwarzer Fleck. Der Hund blickte Sänger aufmerksam an.

»Hallo, Rex«, grüßte Sänger. Der Hund würde nie einen Fremden auf das Grundstück lassen. Jeder Einbrecher mußte mit den Zähnen des Hundes an seiner Kehle rechnen. Rex war eine tödliche Waffe, ein Killerhund. Aber er entfernte sich nie vom Grundstück, auch nicht, wenn das Tor offenstand. Rex folgte Sänger bis zur Haustür. Sollen sie es nur versuchen, dachte Sänger. Der Hund wird ihr Verderben sein.

Die schwarzen Gedanken wichen langsam in den Tagen und Wochen, die dem nächtlichen Anruf folgten. Sänger begriff: Es war also wieder ein Fehler gewesen, dem Ratschlag seiner Frau zu folgen. Und so grinste er breit, als er ihr das ironisch sagte.

»Nur gut«, seufzte seine Frau.

Und es kamen gute Tage für Sänger.

In seinem Institut lieferten Tierfänger so viele Katzen an, daß er gar nicht alle verbrauchen konnte. Die Tierfänger mußten die Futterstellen der Stadt regelrecht abgegrast haben. In jedem Minikäfig hausten bereits zwei Katzen. Und es waren sehr wohlgenährte und gepflegte dabei.

Der Freitag war lang gewesen, sehr lang. Sänger verließ das Institut erst nach sieben, da die Versuche mit den Katzen länger dauerten, als sie angenommen hatten.

Die vorletzte, ein schwarzer Kater, setzte den Stromstößen wirklich sieben Leben entgegen. Er starb einen fauchenden, siebenfachen Tod. Selbst Lehmann wollte die Versuche an diesem Tag nicht fortsetzen.

Im Raum schien der Geruch von verbranntem Fleisch und versengtem Fell nicht weichen zu wollen.

»Zwölf Katzen reichen«, grunzte Lehmann. »Schon nach der fünften war doch alles klar, Jonas. Willst du die Versuchsreihe ewig weiterführen?«

Sänger erreichte sein Grundstück um halb acht. Ein ruhiger Abend lag vor ihm, denn seine Frau war bereits gestern für zwei Tage zu ihrer Mutter gefahren. Und so würde er mit seinen Briefmarken allein und ungestört sein.

Sänger stieg aus seinem Wagen, um das Garagentor zu öffnen. Rex schoß auf ihn zu, beinahe lautlos, als ein weißer, kurzer Blitz. Doch knurrte er diesmal leise und stoppte seinen Lauf nicht wie sonst. Mit einem einzigen langen Satz flog er Sänger entgegen. Der sah die geöffnete Schnauze und die Zähne des Hundes für einen endlosen Augenblick übernatürlich groß. Und er sah noch etwas anderes.

Und in der letzten Sekunde seines Lebens sah er es: diesem Hund fehlte der Farbtupfer über dem Auge.

Bärbel Balke

Der Abrichter

Ich weiß nicht, wer es zugelassen hat. Aber es ist geschehen. Manches geschieht eben.

Mein Zimmer ist verschlossen. Es wird nur geöffnet, wenn man das Essen durchreicht oder wenn jemand mit mir sprechen will.

Manchmal kommt der Kriminalkommissar. Wahrscheinlich treibt ihn Neugier niederer Art. Ich bin längst kein Entscheidungsfall mehr, nur noch Aufbewahrungsexemplar. Er will sehen, wie ich verkomme. Das Verschwinden meiner Schwester tangiert ihn noch immer nicht. Er hat nie wirklich nach ihr gesucht.

Als ich dem Kommissar das erste Mal gegenübersaß, sagte er: »Will man eine Spur finden, muß ein anderer Spuren hinterlassen haben. Zuerst sollten wir uns einig sein, ob wir von derselben Person sprechen.« Er legte mir von Hella ein Foto vor. Ich war erstaunt. Woher hatte er das?

»Ja, das sind ihre dunkelbraunen Augen, ist ihr suggestiver Mund – gewesen. Das hirschrote, streichholzkurze Haar paßte gut zu den Sommersprossen. Sie hat fröhlich ausgesehen, damals. Aber ...«

Nun knallte ich meine Fotos von Hella auf den Tisch. Der aufgedunsene Mann mit den Knallohren warf einen kurzen Blick darauf, lachte heiser, musterte mich finster. Dann drehte er vorsichtig, um nicht sein Fleisch zu verletzen, eine Büroklammer zwischen die Zähne, bohrte seinen Blick auf die Bilder, setzte ihn hernach auf meine Brüste und grinste breit: »Sie fühlen sich wirklich wohl?«

Ungeniert, mich nicht aus den Augen lassend, schob er eine zweite Büroklammer in die Zahnlücke, blutete, erregte sich: »Das muten Sie mir zu!«, operierte die Drähte wieder heraus, holte einen Spiegel aus der Schreibtischschublade, betrachtete zähnefletschend die Verwundung und redete auf sein Spiegelbild ein: »Verarschung! Aber wir lassen uns nicht verarschen. Ihr werden wir eine verbraten! Wegen Beamtenbeleidigung.«

Angewidert hob er nun doch ein Foto in Augenhöhe, setzte sogar eine Lupe vors Gesicht. Ein großer, starrer Punkt beglotzte Hella. »Das hier soll Ihre jüngere Schwester sein? – Sie ticken wohl nicht richtig!«

Ein anderer Mensch vermißte angeblich auch meine Schwester, ein Mann namens Dankewitz. Mehr als ein Jahr ist es nun her, daß Hella zu ihm nach Passigau gezogen ist. Ein halbes Jahr später – so der Kriminaler – soll sie von niemandem mehr gesehen worden sein.

»Ich vermisse meine Schwester, aber noch nicht so lange«, sagte ich. »Ich habe mit ihr gesprochen, auch Post erhalten, bis etwa vor drei Wochen, allerdings ...«

»Dann ist ja alles in Butter«, triumphierte der Kripomops. »Ihre Schwester ist gesund und schwirrt in der Gegend herum.«

»Verstehen Sie denn nicht? Der Mann gab eine Vermißtenanzeige auf, obwohl Hella noch bei ihm war. Der Kerl, der sie auf dem Gewissen hat, sieht aus, wie er heißt: Heribert von Dankewitz. Blasser Schädel mit einem pomadegepflegten Haarkranz. Keine Augen, sondern Stechwerkzeuge. Seine Lippen, schmal und bläulich, dozieren oder geben nur Pfiffe und Befehle von sich. Zwischen den Händen scheint er am liebsten dieses Stöckchen mit den sich zum Ende hin verjüngenden Kamellederriemchen zu halten. Eine Art Peitsche.«

»Wir sind alle nur Menschen«, belehrte der Kommissar.

Heute weiß ich, er überschätzt sich noch immer. Er ist eine Luftblase.

»Gibt es keine Anhaltspunkte für ein Verbrechen«, hatte die Luftblase süffisant lächelnd das Gespräch beenden wollen, »wird die Akte geschlossen«.

»Verdammt, ich habe aber Punkte! Da könnten Sie anhalten«, erwiderte ich.

Er reagierte, wie Luftblasen reagieren, wenn man ihnen zu nahe kommt. Er warf mich hinaus. Aber ich blieb vor seinem Zimmer sitzen, die Fotos in der Hand, die Geschichte auf den Lippen ... Leider haben mir nicht einmal die verrückten Nummern hier geglaubt: »Du vermißt deine Schwester? Eine Hündin? Mein Gott, wieviele haben in der Verwandtschaft Schweine, Esel, Hündinnen? Aber wenn man das erkannt hat, behält man es für sich, posaunt das nicht in alle Welt. Du bist verrückt. Genau wie wir. So liegt der Fall.«

Doktor von Dankewitz ist vor langer, langer Zeit an einem Gymnasium im Bayrischen mit der Belehrung von Halbwüchsigen im Fach Biologie befaßt gewesen. Da ihm Menschen entweder dienstbar, ansonsten gleichgültig sind – und Kinder mag er schon gar nicht -, bekam er einen Posten in der Landesregierung. Gleichzeitig war und ist er noch Besitzer eines beträchtlichen Stück Landes mit Wald und Hof. Er ist Jäger. Und er ist Befehlshaber über eine riesige Hundemeute: Wachtelhunde, Spaniels, Pointer, Setter, Retriever, Münsterländer, deutsche Schäferhunde, Pudelpointer, Foxterrier ... Das Sonderbare ist, er hält sich nur Hündinnen.

Die letzte Mieterhöhung hatte uns Schwestern enger zusammenrücken lassen. Wir teilten eine Wohnung.

Hella war Lehrerin für Englisch und Französisch, bis ihre erweiterte Oberschule plötzlich Gymnasium hieß und ein Berater aus dem Bayrischen – Heribert von Dankewitz – das Lehrerzimmer ausräumte. Er entließ nur Frauen im gebärfähigen Alter und ehemalige Genossinnen. Meine Schwester menstruierte noch, und ihr Parteibuch war rot gewesen. Der blaue Brief kam. Es war ein schwarzer Tag. Doch noch am selben Abend schickte der Herr Berater ein Briefchen in Rosa und Orchideen. Fünfzig Blüten. Hella war verwirrt. Dankewitz wollte tatsächlich mit ihr über Zukunft reden und hatte sie zu sich bestellt. Sie faßte neuen Mut. Natürlich! Sprach und lehrte sie denn schlechter Englisch und Französisch als die etlichen neueingestellten Brüder? Sie glaubte an Lehreraustausch, war sich am Ende ganz sicher, sie würde in den alten Bundesländern eingesetzt werden.

Als sie zum Sonnenaufgang nach Hause kam, schlich sie zuerst ins Bad und wusch sich den ganzen Tag die Vagina. Immer und immer wieder. Doch am Abend brach sie ihre Wascherei jäh ab. Ein Strauß roter Rosen war abgegeben worden. Fünfzig Stück. Sie tanzte ausgelassen im Zimmer herum. Ich sagte: »Fall nicht drauf rein. Er hat dir doch klipp und klar gesagt, du taugst nicht mal fürs Bett.« Sie schlug alle Warnungen in den Wind und starrte den Mond an.

Zwei Tage später klingelte Dankewitz höchstpersönlich. Meine Schwester packte ihre Tasche. Ich wollte Hella nicht aus der Wohnung lassen. Da stellte sich dieser Mann-Mensch in drohender Haltung in den Weg.

»Platz!« schrie er. »Platz doch! Weg da!« Seine Halsschlagader fing an zu pulsieren. Die schmalen Lippen wurden ein Strich. »Sind Sie glücklich?« fragte er mich und wartete keine Antwort ab. »Sehen Sie, auch Ihre Beziehungen sind gescheitert. Wie erklären Sie sich die unleugbare Tatsache, daß von hundert Frauen nicht ein halbes Dutzend glücklich ist? Belustigend, wie einfältig manche Männer sind. Ohne jede noch so leise Einfühlung in die wahre Frauennatur halten sie sich und führen sie Wesen – jedoch ohne Erfolg. Weibliche Zuneigung, Anhänglichkeit, das Unterordnungsbestreben treten gegenüber starken Männern weit eher in Erscheinung als gegenüber jenen Tausenden von Hundehaltern, die in der Frau nur das verzärtelte Chaiselonguehündchen sehen. Nachlässigkeiten mit dem ungezogenen kläffenden, bissig zerrenden, gar selbstbewußt aufsässigen Hund dürfen nicht zugelassen werden. Und nun aus dem Weg!«

Ich hatte den Kriminalmops ausdrücklich darauf hingewiesen: »Dieser Bastard verglich meine Schwester mit einem Hund! Mehr noch, er kann zwischen Frau und Hund nicht mehr differenzieren. Hella ist mutiert. Schicken Sie Ihre Leute los!«

»Mutiert?« Der Beamtenkacker hatte herablassend gegrinst. Er wollte nur eines, den Fall abheften. Er war dem Hilfeersuchen des Freistaates Bayern nachgekommen, hatte meine Antworten im Sack und interpretierte sie ausschließlich positiv. Der Widerspruch zwischen

Datum der Vermißtenanzeige von Dankewitz und meinem letzten Kontakt zu Hella kümmerte ihn einen Dreck.

»Können angeblich Vermißte von zu Hause aus telefonieren?« hatte ich den Kripoklops gefragt.

Er antwortete statistisch. »80.000 Menschen verschwinden jährlich. Die Hälfte davon taucht nach wenigen Tagen wieder auf, 30 Prozent nach wenigen Wochen. Der Rest bleibt für immer verschwunden, entweder verscharrt unter der Erde oder unter falschen Namen im Ausland – wie Ihre Schwester. Sie rief Sie an, na prima! Aber nicht aus Passigau, sondern aus einem Beach-Hotel. Drüber Palmen. Daneben kalter Drink, nußbrauner Lover und das Vermögen des Herrn von Dankewitz.«

Daß etwas mit Hella nicht stimmte, hatte ich bereits während unserer ersten Telefonate bemerkt. Bald war kein richtiges Reden mehr möglich. Sie schien von Mal zu Mal die Worte zu verlieren. Manchmal kam nur ein unverständlicher Lautsalat, ein andermal ein Winseln durch die Leitung. Schlechte Verbindung, sagte ich mir und schlug Hella vor, fortan zu schreiben. Tatsächlich begann sie zu schreiben. Ich bekam Ansichtskarten. Alpen von links, Alpen von rechts, allerdings mit nur noch wenigen, für mich unverständlichen Worten, scheinbar willkürlich aneinandergefügten Buchstaben: U, W, A, U oder W, A, U, U. Aber alle diese Karten hatten den Poststempel von Passigau getragen. Meine Ruhe war dahin. Ich machte mich auf in das bayrische Passigau.

»Hör'n Sie? Da ist es wieder.« Der Blick der drallen Wirtin hatte sich verdunkelt. Sie unterbrach das Kaffeeeingießen, drückte ängstlich die Thermoskanne vor ihr voluminöses Dirndl. Das verwelkte Dekolleté, gerahmt von Baumwollspitzen des Mieders, begann zu beben. »Nun hören Sie doch!« Sie bekreuzigte sich.

Ich saß in der einzigen Pension, die es in Passigau gab, war einziger Gast in dem verlassenen Nest, das nur eine einzige befestigte Straße hatte und vielleicht zwanzig Häuser.

»Hör'n Sie's jetzt? Von da drüben kommt's. Vom Wald her. Dankewitz' Wald! Wenn Sie spazierengehen, dann nicht dort. Dort ist alles privat, also Betreten verboten. Aber ich hab nichts gesagt. Ich nicht! – Hör'n Sie's? Da ist's wieder. Geht schon Monate so. – Ging immer so, wenn er angeblich verlassen wurde.«

Jetzt vernahm auch ich die kurzen schrillen, dann wieder langen, fast wehleidigen Pfiffe. »Was hat das zu bedeuten?«

Die Frau setzte sich zu mir, rückte nahe heran: »Die Ricke fiept nach ihrem Kitz und ruft es so zum Säugen. Die Gams gibt Laut, droht Gefahr. Auch die Henne warnt ihre Küken vor dem Habicht. Und der Dankewitz ...«, sie sah sich nach allen Seiten um, »pfeift eben.«

»Er pfeift? Pfeift bei jeder, die ihn angeblich ...? Wurde er denn öfter verlassen? Ich meine ... hatte er denn mehrere Frauen? Sind sie gestorben?«

Die Frau stierte vor sich hin und schwieg.

»Sagen Sie doch was! Sind sie gestorben? Oder abgehauen?«

Sie holte tief Luft: »Sie werden vermißt! Offiziell heißt das wohl so, ja vermißt. Offiziell gibt das wohl Herr von Dankewitz immer an. Die letzte ist noch nicht lange verschwunden. Soll aus dem Osten gewesen sein. So ein rothaariges, junges Ding. Hab sie mit eigenen Augen gesehen. Aber plötzlich war sie wie vom Erdboden verschluckt. Weg mit seiner Kohle, behauptet Dankewitz. Wie immer ... Jaja, es waren etliche.«

Ich faßte die fleischigen Schultern der Frau: »Aber Sie wissen es doch besser! Sie kennen die Wahrheit, ich fühle es. Raus damit!«

»Pst!« machte sie. »Um Gottes willen, reden Sie leiser ... Außerdem – Sie werden mir ja doch nicht glauben. Glaubt sowieso keiner.«

»Ich glaube Ihnen«, beschwor ich sie. »Bitte, reden Sie!«

Ihr Gesicht bekam einen verschlagenen Ausdruck. Mir schien, was sie zu erzählen hatte, amüsierte sie plötzlich, doch als sie sprach, rieb sie sich nervös die Hände: »Keine ist verschwunden, das sag ich Ihnen. Sind alle noch da. Drüben im Wald. In ihren Hütten eingesperrt und umgeben von Stacheldraht.«

»Was? Und das hat die Polizei nicht bemerkt?«

Die Frau schüttelte den Kopf.

»Das müssen Sie melden!«

Sie hob abwehrend die Hände. »Kindchen, unser Herr von Dankewitz ist absolut kein schöner Mann, schon gar kein attraktiver Geist und ganz bestimmt kein feinfühliger Liebhaber. Außerdem ist er bereits Pensionär. Alle seine Frauen aber waren ausnahmslos jung und attraktiv. Vor allem: sie müssen zu allem fähig gewesen sein. Um mit Dankewitz hierher in dieses Nest zu kommen, muß man zu allem fähig sein. Aber auch willens. Verstehen Sie, willens! Sie wollten geheiratet werden, wollten ihr Auskommen, ihre Sicherheit haben in diesen unsicheren Zeiten ...«

»Und?«

»Und wurden abgerichtet. Wurden Hündinnen. Ja, Hündinnen sind sie! Herr von Dankewitz interessiert sich nur für Hündinnen.«

»Aber ... weshalb hält dieser saubere Herr die Frauen gegen ihren Willen fest? Das kann kein sadomasochistisches Spiel sein. Das ist Nötigung, Freiheitsberaubung. Das sind Straftatbestände, das sind ...«

»Hündinnen!«, unterbrach mich die Frau. »Sie verstehen nicht richtig. Es sind Hündinnen! – Ich hab ja gesagt, das glaubt sowieso niemand.«

Langsam nervten mich ihre Wiederholungen. Ich bat sie, mit zur Polizei zu gehen, doch es war zwecklos, sie weiter zu bearbeiten. Ich mußte Dankewitz allein überführen.

Das Anwesen lag am Ortsausgang von Passigau. Gleich dahinter begann der Wald. Rechts und links Weizenfelder, die an satte Wiesen grenzten. Die Pfiffe hörte ich jetzt ganz deutlich, auch Befehle, Schreie, Gebell, aber ich sah niemanden, keine Menschenseele. Dafür gab es genügend Hundezwinger – alle leer.

Das Hauptgebäude war ein uraltes Bauwerk mit zwei Fachwerk-Erkern, die spitze Helme trugen. Andreaskreuze aus geschweiften Hölzern bildeten ornamentale Friese unter den Fensterbrüstungen. Als ich rief, öffnete keiner ein Fenster. Es gab auch nichts Lebendiges in den Nebengebäuden, die aus mehrfarbig glasierten Formsteinen gebaut waren und den Eindruck erweckten, man betrachte teppichüberzogene Wände.

Hinter den erhabenen Gemäuern verbarg sich ein Abrichtplatz. Gräben waren angelegt, Hürden aufgestellt und Brücken gebaut. An den Wänden hingen Maulkörbe, Ketten und Peitschen jeder Größe. Die ausgestopften

Männeranzüge, die an Seilen von der Decke herunterbaumelten, sahen allesamt aus wie Feinde.

Mir war unbehaglich zumute, obwohl es dafür noch keine Begründung gab, obwohl ich noch nichts, gar nichts begriffen hatte. Ich fotografierte jede Einzelheit, dann nahm ich den Weg in den Wald. Der Wind trug mir Wortfetzen zu, die ich jetzt sogar zu verstehen glaubte. »Gut, Hella, brav! – Du Miststück, verdammtes! Die beißt immer noch zu.«

Hörte ich richtig oder war ich im Begriff durchzudrehen?

Das dichte Dach der Bäume spendete angenehme Kühle. Die Sonne fällte hier und da Strahlen auf Farnkrautfelder und den aus altem Laub und trockenen Nadeln meterdick gewachsenen Boden. Ich sank ein in das Flachsrot, Nachtgrün und Rostbraun, bahnte mir einen Weg – plötzlich sah ich den mannshohen Stacheldrahtzaun und das dahinter liegende riesige Gelände.

Ich versuchte, mich am Zaun entlang vorwärts zu tasten. Hier war nie einer gegangen. Ich stolperte, fiel in brechende Äste. Mit einem Male, aus dem Nichts aufgetaucht, knurrte mich ein Köter an. Wie angenagelt blieb ich stehen, warf mich dann aber auf den Boden, das Farn als Deckung nutzend. Der zweite Hund war sogleich da. Im Nu stand mir eine hysterisch bellende Hundemeute gegenüber: Spaniels, Pointer, Setter, Münsterländer, deutsche Schäferhunde ... Wildgeworden sprangen sie hoch. Manchmal den Blick nach Dankewitz wendend, warteten sie wahrscheinlich auf sein Kommando ›Faß!‹, waren bereit, mich zu zerfleischen.

Aufgeschreckt, zu Tode geängstigt, jagte ein Eichhörnchen von Ast zu Ast und fiel in die Dornen des Drahtes. Dankewitz nahm das durchbohrte, langsam verendende Tier als Ursache an für die Aufregung seiner Hunde. Er befahl ihnen zu schweigen. Sie schwiegen, zogen den Schweif ein und trotteten dem Herrchen hinterher.

Mein Gott! Er hatte mich nicht bemerkt! Glücklich legte ich mich auf den Rücken. Es roch nach Moder und Pilzen. Eine Ewigkeit hätte ich so liegenblieben wollen, doch schon war Dankewitz wieder ganz nah. Erneut kläffte ein Hund den Zaun an.

»Schlag sie! Schlag hart!« schrie Dankewitz.

Ich bog vorsichtig Zweige beiseite. Ein Gehilfe, alt, krummbeinig und wortlos, holte mit einer Wurfkette aus und schlug zu. Der Hund jaulte auf und duckte sich.

»So, Hella, und nun komm her! Willst du wohl herkommen!«

Der Hund folgte nicht, nahm Witterung in meine Richtung auf, winselte jämmerlich. Wieder rasselte die Kette auf ihn nieder, kurz darauf tätschelte Dankewitz das hirschrote Kurzhaar.

»Probeweises Freilassen«, sagte er zu dem Alten, »soll nur bei schärfster Beobachtung und – wenn sie nicht gehorcht – bei sofortiger Bestrafung stattfinden. Du darfst nicht so weich sein. Die Stubenrein-Dressur ist keine Quälerei, sondern notwendiges Training. Manche Frauen mögen eben keinen Hausputz, aber mit Zuckerbrot und Peitsche habe ich bisher jede abgerichtet. Platz, Hella, Platz ...! So ist's brav.«

Den Anblick werde ich mein ganzes Leben lang nicht vergessen. Diese dunkelbraunen, traurigen Augen! In Hellas Gebärden lag noch das angeborene Mißtrauen, die Angriffslust. Aber ihre Pfoten waren beschnitten. Sie hatte keine rotlackierten Vorderläufe mehr, und ihre Nase war spitz geworden, die Inkarnation von Präzision, um Witterung aufzunehmen. Der Mund, breit und gehorsam, nur noch Schnauze, brachte wahrscheinlich auf Zuruf die Zeitung oder das Stöckchen mit den Kamellederriemchen.

Dankewitz zog Hella an einer langen Leine hinter sich her und erklärte dem Gehilfen: »Erfahrungsgemäß streiken Hündinnen, wenn sich das Herrchen die Seele aus dem Leib schreit. Am Anfang folgen sie ihm aus purem Geselligkeitstrieb oder Freßlust. Ist dieser Trieb befriedigt, werden sie aushäusig, streunen, oder sie haben Fluchtgedanken. Deshalb mußt du schlagen, mit der Kette oder einem Schlüsselbund. Sie werden sich ducken. Und das ist der Moment für kleine Zuwendungen. Auch Hella wird sich noch an den Herrn im Hause gewöhnen. So, und jetzt stell dich hinter den Baum, Alter. Jetzt richten wir sie auf Lautgeben ab. Sie hat nur noch zu bellen, wenn sie soll.«

Der Gehilfe nickte, versteckte sich, zeigte sich Hella, versteckte sich wieder. Hella kläffte sich die Kehle wund, zerrte an der Leine, durfte losrennen, wurde dafür geschlagen, kam zurück, wurde belobigt. Wieder ein Lockruf, wieder ein klirrender Kettenwurf ... Dankewitz dozierte außer Atem: »Wir dürfen nie vergessen, unsere Purzel, unsere Hasischnäuzchen, die uns anfänglich vor Wiedersehensfreude anspringen und ablecken, werden zur kläffenden, hetzenden, bei jedem Anlaß nörgelnden Plage, wenn wir nicht gleich korrigieren, dressieren, kurz – auf peinlichsten Gehorsam achten. Nie darf man vergessen: Hündinnen sind domestizierte Raubtiere. Ihr Urinstinkt kann immer wieder durchkommen ... Ruhig, Hella! Platz, Hella. Wirst du wohl, Hella.«

Der Kommissar, dieser elendige Kriminalmops, gab, nachdem ich das ganze Dezernat zusammengeschrien hatte, endlich nach und versprach, etwas zu unternehmen.

Hätte ich diesem Beamtenpupser bloß nicht geglaubt! Was dann ablief, werde ich dieser kriminellen Luftblase nie vergessen. Vor versammelter Mannschaft tippte er auf die Hundefotos: »Aber ja doch, jetzt erkenne ich sie. Knapp 40 Zentimeter Höhe, hirschrote gestromte Jacke, ernst und schwer der Kopf, durchaus wert, in die vorderste Reihe gestellt zu werden. Aus ihrem Blick spricht Anhänglichkeit, Willfährigkeit für Wink und Zuruf. Im Rucksack oder auf dem Schoß ist sie bestimmt leicht mitzuführen ... Hella ist eine Begleithündin, nicht wahr? Herr von Dankewitz ein Abrichter, ja ...? Das meinen Sie doch – oder? Sie bleiben dabei? Na, schön. Dann nehmen Sie mal Platz! Platz, hab ich gesagt!«

Ich bin – wie der Psychiater aktenkundig gemacht hat – nicht belehrbar, das heißt nicht verrückt, aber auch nicht normal. Ich höre noch immer Hellas heiseres Kläffen. Ich habe noch immer ihren Geruch in der Nase, ein seltsames Gemisch aus Küchendüften, Hurenparfüm und Herrendeodorant.

Ich werde einen Antrag stellen.

Ich will, daß man Hella einschläfert.

Karen Meyer

Raubtiere

Alexej ist hungrig. Sehr hungrig. Der mächtige Sibirische Tiger, ein Geschenk des Moskauer Zoos an den Berliner Tierpark anläßlich seines 25jährigen Bestehens, döst nahezu apathisch vor Hunger in der Sonne. Mag eine Hauskatze herzzerreißend maunzen, wenn sie ihre Menschen um die Zuteilung von ein paar Brocken Dosenfutter anbettelt, so hat die asiatische Großkatze in den letzten Tagen furchterregend laut nach einem Brocken blutigen Fleisches gebrüllt, wenn Tierpfleger Herbert hinter der Sicherheitssperre mit den Futter- und Wassertrögen hantiert und das Stroh in der Schlafecke erneuert hat.

Der schmächtige und mittlerweile vom Alter ein wenig gebeugte Mann ist jetzt sehr vorsichtig in Alexejs Nähe. Er kennt seine Tiere. Seit Jahren schon arbeitet er mit den Katzen. Er weiß jedes Brüllen zu deuten, spürt lange, bevor ein Tier krank wird, wenn etwas nicht stimmt. Die meisten der Katzen hören auf ihren Namen, wenn er sie ruft. Nur einmal in all den Jahren hat ihn ein Löwe angefallen. Da hat er Glück gehabt. Ein anderer Pfleger lenkte das in Rage geratene Tier von ihm ab, und ein couragierter Student half Herbert, das Gehege zu verlassen. Seither verunstaltet eine riesige rotgeränderte Narbe seinen rechten Oberarm und die Schulter, die der Löwe mit einem Hieb aufgerissen hat.

Als Herbert sich daran erinnert, steigt die Erregung, die er in den letzten Tagen bei jedem Brüllen Alexejs in sich spürt. Der Tiger ist noch viel stärker, als es der damals schon etwas altersschwache Löwe war. Außerdem hat Alexej seit vier Tagen Hunger.

In der letzten Zeit hat Herbert oft daran gedacht, wie er Mitte der 50er Jahre von West- nach Ost-Berlin gezogen ist. Einer Liebe wegen, die rasch zerbrach. Nachdem er als Hilfspfleger im Tierpark Friedrichsfelde zu arbeiten begonnen hatte, interessierten ihn Frauen nicht mehr. Was nurmehr zählte, war eine einzigartige Herausforderung. Aus dem ehemaligen Schloßpark im Osten Berlins sollte ein großzügiges Areal für anfangs beinahe 8.000 Tierarten aus aller Welt werden, ein Anschauungs- und Lernort für die Kinder, eine Stätte der Erbauung und Forschung zum Stolz der ganzen jungen Republik. Ein ehrgeiziges Projekt. Tausende von Menschen leisteten jahrelang nach Feierabend Aufbaustunden, getrieben von ihrem Ehrgefühl und dem Willen, dem Vergleich mit dem älteren Zoo im Westen Berlins standhalten zu können. Auch Herbert trug seinen Teil dazu bei. Nie berief er sich auf feste Arbeitszeiten, wenn es galt, unzählige Tage und Nächte zusammen mit dem Veterinär am Lager kranker Tiere zu verbringen. Er war jederzeit zur Stelle, wenn bei den im Zoo so seltenen und oft langersehnten Geburten geholfen werden mußte.

Die Tiere kannten keinen Feierabend, und in der ersten Hälfte 1990 hatte Herbert manchmal bis zum Umfallen gearbeitet, um ihre Versorgung zu sichern, weil viele Pfleger ›rüber gemacht‹ hatten.

Für Herbert wäre es undenkbar, die Tiere im Stich zu lassen. Sie sind wie Freunde, wie eine Familie für ihn.

Und nun soll der Tierpark mit dem Westberliner Zoo fusionieren. Sicher kein Zufall, daß der neue Direktor und die leitenden Mitarbeiter aus dem Westen stammen. Angeblich aus ökonomischen Gründen und um die artgerechte Haltung der Tiere zu gewährleisten, sollen nun auch etliche Attraktionen des Tierparks in den – wie Herbert findet – aufgemotzten West-Zoo gebracht werden. Die Reptilien und das Aquarium, einige Affen und die Großkatzen. Herberts Katzen. Das darf nicht sein! Von wegen artgerechte Haltung. Alles Lüge! Bei ihm fühlen sich die Tiere wohl, und genug Platz ist auch.

Jetzt ist es soweit.

Am Nachmittag stattet der neue Direktor höchstpersönlich in Begleitung eines renommierten amerikanischen Zoologen dem Katzengehege einen Besuch ab, um zu entscheiden, welche der Tiere überführt werden sollen. Herbert hat die Fingernägel geputzt, eine saubere Jacke übergestreift und die Haare mit einem nassen Kamm gescheitelt, bevor er die beiden Herren durch sein Revier führt. Sie schütteln ihm sogar die Hände und sprechen ihr Bedauern darüber aus, daß ein solch zuverlässiger und verdienter Mitarbeiter zugunsten des Fortbestandes des Ganzen seinen Arbeitsplatz räumen muß, was in Anbetracht seines Alters und der Möglichkeit des Renteneintritts aber sicher nicht so schlimm sei, wie bei einem 40jährigen Familienvater, das müsse er schon verstehen. Herbert zeigt also Verständnis und bittet bescheiden darum, dem hohen Besuch seinen besonderen Liebling und ganzen Stolz vorführen zu dürfen.

Das Sicherheitsgitter zwischen dem Pflegerhaus und Alexejs Futterstelle hat er bereits am Vormittag so eingeklinkt, daß es wie fest verschlossen aussieht. Bei ihrem Rundgang stolpert Herbert scheinbar unabsichtlich gegen den leeren Futtertrog. Das Metall scheppert laut. Alexej kennt das Geräusch.

Das genügt.

Klaus Weigle

Stoßen muß du selbst!

Ich verrechne mich ungern. Wer tut das schon, werden Sie sagen. Das ist richtig. Bei mir aber ist es schlimmer, mir kann das zum Verhängnis werden. Nicht daß ich geizig bin, nein, nur genau planend und daran festhaltend. Ein Beispiel:

Endlich wollte ich mir einen Wunsch erfüllen. Jetzt hatte ich die nötige Zeit. Meine Hündin sollte Junge haben, ich wollte erleben, wie sie sie zur Welt bringt, aufzieht. Ich hatte mir ausgerechnet, wann ich sie einem Rüden zuführen muß, und ich hatte ihr einen ausgesucht. Einen »von der Förde«, erstklassiger Stammbaum, »Deutscher Champion«, wenn Sie wissen, was das heißt. Ich dachte mir – vielleicht zu menschlich – die beiden sollten sich zuvor schon einmal beschnüffelt haben, verabredete einen Termin und war pünktlich zur Stelle.

Bingos Frauchen schlug vor, die beiden Hunde in den Garten zu lassen. Der Rüde zeigte stürmisches Interesse an meiner Mabelle, und auch sie ließ gewisse Zärtlichkeiten zu.

»Ihre Hündin ist schon auf dem Höhepunkt der Hitze«, urteilte Bingos Frauchen, »Sie müssen sich verrechnet haben.« Das hörte ich nicht gerne.

Es begann zu regnen, und kalt war es auch. Dezember halt. Die Rüdenbesitzerin befand, wir sollten ins Haus gehen, die Hunde könnten es im Gästezimmer versuchen. Gesagt, getan. Wir setzten uns und warteten. Bingo wollte zur Tat schreiten, wurde immer aufgeregter. Er besprang die Hündin, mühte sich. Als sich das in die Länge zog, wandte Mabelle den Kopf und knurrte, nur kurz und leise. Bingo sprang ab, ging ihr um den Bart, ich fühlte mit ihm. Sie ließ ihn erneut gewähren. So ging das eine Stunde.

Man hatte mir gesagt, Bingo habe schon einmal erfolgreich gedeckt, vor ein paar Jahren. »So etwas verlernt man doch nicht!« stellte ich eher fragend fest. »Oder?«

Bingos Frauchen sah mich abschätzend an; ihr Mann ist sicher jünger als ich. Ich empfand das Eigenartige der Situation, darüber hatte ich vorher nicht nachgedacht. Sie treffen eine wildfremde Frau, schauen Bemühungen zu, die ihnen vertraut sind, haben Gedanken, die man gemeinhin nicht ausspricht – und haben doch nur dieses eine Thema; nichts anderes führte uns zusammen. Was immer der andere sagt, man denkt unwillkürlich, ob er sich auf seine persönlichen Erfahrungen stützt.

»Jetzt hat Ihre Hündin bestimmt genug davon«, meinte Bingos Frauchen nach etwa einer Stunde und zwanzig bis dreißig Versuchen ihres Rüden. Wir verabredeten uns für den nächsten Tag. Das Treffen verlief genauso ergebnislos. Bevor ich das dritte Mal hinfuhr, rief ich Bingos Züchter an und bat ihn, dem letzten Versuch beizuwohnen. Vielleicht mußten wir etwa unternehmen, wovon wir keine Ahnung hatten.

Herr Heber, ein in diesen Dingen erfahrener Mann, kam, schätzte nach zwei-, dreimaligen Bespringen der Hündin: »Bingo ist zu schüchtern, ihre Hündin ist ein dominierender Typ«, und ging wieder. Bingos Frauchen schien sich für ihren Hund zu genieren. Immerhin war ich das dritte Mal die 90 km von Hamburg nach Kiel gefahren, und das bei diesem Wetter. Mabelle war den letzten Tag empfänglich. Mein Wunsch würde nicht in Erfüllung gehen. Zu zahlen hatte ich trotz der aufgewendeten dreimal drei Stunden nichts; aus menschlicher Sicht handelte es sich ja um eine Art käufliche Liebe, und dabei wird generell nur gezahlt, wenn das Versprechen auch eingelöst wird.

Wir saßen noch ein wenig verlegen beisammen, da kehrte Herr Heber zurück. Dem hilfsbereiten Mann war eingefallen, daß es in Kiel noch einen anderen Rüden aus seiner Zucht gab, mit besten Bewertungen und vor allem sehr deckerfahren, wie Herr Heber versicherte, aber schon zehn Jahre alt. Er wollte den Besitzer anrufen, fragen, ob ich kommen dürfe.

Ich setzte mich mit Mabelle in den Wagen, suchte den beschriebenen Weg und hoffte, daß es nun vielleicht doch noch klappte. Ich rechnete die Hundejahre um: Arturo war älter noch als ich. In jungen Jahren hätte mich das bedenklich gestimmt, jetzt wußte ich, was man sich auch in meinen Jahren noch zutrauen darf. Nein, das Alter war es nicht, ich fragte mich nur, ob der alte Herr der Dominanz meiner erst zweijährigen Mabelle gewachsen sein würde.

Ich klingelte an der Haustür. Drinnen bellte es. Kaum war die Tür geöffnet, da wußte der Rüde auch schon, warum wir gekommen waren, jedenfalls wollte er sofort zur Tat schreiten. Sein Frauchen hatte jedoch die Garage für den Deckakt vorgesehen. Ich merkte auf Anhieb, die Frau war so deckerfahren wie ihr Hund. Schon beim ersten Bespringen versuchte sie, ihm die Hinterbeine ein wenig abzustützen. Doch der Rüde zeigte Stolz, reagierte unwillig. Er wollte es wohl allein schaffen. Doch es klappte weder beim ersten Anlauf, noch bei den folgenden. Dabei stellte sich Mabelle geduldig bereit und zeigte auch keinen Unwillen, wenn ihr sehr viel schwererer Freier aufsprang. Doch nun zeigte sich das Alter. Arturo wurde die Luft knapp, er legte kleine Pausen ein, bevor er seine Anstrengungen fortsetzte. Nun ließ er sich auch von seinem Frauchen abstützen.

Die deckerfahrene Rüdenbesitzerin riet mir, mich vor Mabelle hinzuhocken und ihr den Kopf zu streicheln. »Zur Beruhigung. Sie hält dann besser still.« Auch die Frau hatte sich hingehockt; wir saßen uns auf diese Weise gegenüber, nur von den beiden Hunden getrennt. Während ich Mabelles Ohren kraulte, hantierte sie zwischen den Hinterbeinen Arturos. Erklärungen gab sie keine dazu ab. Sie sprach nur mit Arturo, fast zärtlich, Worte, die ihn zum Durchhalten ermuntern sollten. Die Art, wie sie das tat, machte sie mir sympathisch. Ich sah mich schon mit ihr auf den Erfolg anstoßen. Aber es kam anders.

Nach etwa zwanzig Minuten – der Rüde machte einen wirklich erschöpften Eindruck – hörte ich sie sagen: »Die Richtung stimmt, Arturo, stoßen muß du selbst.«

Die Hündin stöhnte wohlig. Ich war mir ziemlich sicher, was das bedeutete, wollte es aber genau wissen: »Was hat Mabelle?« Arturos Frauchen hob sein Vorderbein über Mabelles Rücken und verhalf ihm sachkundig in die Stellung, in der wir abwarten mußten, bis die Hunde auseinanderkämen. Damit war alles gesagt.

Unter den gegebenen Umständen hatte ich keine Gelegenheit gehabt, mich mit der Rüdenbesitzerin über die Decktaxe zu verständigen. Im Falle von Bingo hatte ich eine Höhe ausgehandelt, die einer Kalkulation zugrundelag, bei der ich selbst dann keinen Verlust haben würde, wenn Mabelle nur ein Junges zur Welt bringen und dazu einen Tierarzt benötigen würde – den *worse case*, wie die Militärs sagen, wenn sie das schlimmste aller Kriegsszenarien ausmalen, um mehr Geld bewilligt zu bekommen. Man muß das verstehen. Die Risiken einer Hundegeburt, hatte ich in der Fachliteratur gelesen, sind groß, meine Rente klein, ich war nicht auf Gewinn aus, wollte nur einen Verlust vermeiden.

Arturos Frauchen hatte andere, weit überhöhte Vorstellungen von der Deckprämie. Arturo habe sich angestrengt, um sein Bestes zu geben. Ich hielt entgegen, Mabelle habe ihm eine späte Freude bereitet, vielleicht eine letzte. Wollte die Frau meine ganze Rechnung umstoßen? Immer noch voreinander hockend, die Köpfe unserer Hunde kraulend, gab ein Wort das andere. Na ja, und dann verlor ich die Nerven, und es geschah ...

Nun geht die Rechnung erst recht nicht auf. Mabelle ist zwar trächtig. Aber drei Tage bevor es so weit sein wird, ist der Prozeß angesetzt. Wenn ich nicht Bewährung bekomme, werde ich nicht dabei sein, wie meine Hündin Junge zur Welt bringt und sie aufzieht.

Sirmione Zinth

Tommy Tom tok tok

Sie tanzen, trinken, rauchen und geben ihm einen Namen: Tommy Tom. Sie schreien den Namen vor Lachen und sind sich einig. Tommy Tom – tok tok. Sie wissen schon alles, Tommy Tom weiß nichts. Er weiß nicht, ob er nach Hause gegangen ist. Vielleicht hat er sich ausgezogen und ins Bett gelegt. Tok tok ...

Die Nacht ist fremd. Tommy Tom erwacht. Kreisendes Mondlicht, und im Keller, wo die Fässer liegen, klopft es. Zusammengeschrumpft sind die Dielenbretter. Dazwischen klaffen Ritzen. Durch diese Ritzen kann er in den Keller sehen. Tommy Tom denkt: zuviel getrunken und geraucht und kalte Füße. Auch das Bett ist kalt. Es hat keine Decke, nur ein Tuch. Er hört sie brüllen vor Lachen. Sie waren alle da, bei Raveault, und einer hat gesagt: Im Keller liegen sie. Wer? Tommy Tom kann sich nicht entsinnen. Sie liegen im Keller, wo es klopft, als laufe einer auf Stelzen. Tok tok ...

Durch einen großen Spalt dringt Licht nach oben. Tommy Tom starrt auf den Boden. Es bewegt sich etwas, zwängt sich durch den Spalt. Schwarz und behaart. Eine Spinne, ein ziemlich großes Tier, läuft zum Fenster, macht kehrt und kommt zu auf Tommy Toms Bett.

Klatsch. Langsam erstarrende Bewegungen. Im letzten Krampf zieht die Spinne die Beine ein wie Vogelkrallen. Aus. Tommy Tom ekelt sich. Das hat er Raveault erzählt: Ich ekle mich vor nichts mehr als vor Spinnen, den sperrigen Beinen und der hängenden pulsierenden Kugel mit den glänzenden Punktlichtern, den bösen Augen. Wenn eine durch den Kellerspalt nach oben kommt, erschlage ich sie ...

Furchtbar, denkt Tommy Tom, wie sie alle getrunken haben und geraucht und sich nachher auf dem Boden wälzten, lachten und tobten und ihre Kleider zerrissen. Tommy Tom tok tok haben sie geschrien.

Er liegt unbequem. Er spürt Beklemmung, die schmerzt. Er sieht eine zweite Spinne. Sie verharrt, läuft zu auf Tommy Toms Bett und wird erschlagen. Tommy Tom fröstelt. Mit dem Pantoffel schiebt er die erstarrten Leiber unter das Bett. Zu spät bemerkt er die dritte Spinne. Kühler Hauch bleibt auf seiner Haut. Tommy Tom starrt auf seine Hand. Darübergelaufen, denkt er, und nun hockt sie irgendwo. Ein plötzlicher Verdacht, den er spürt. Mit den Augen sucht er angestrengt irgendetwas in dem totenstillen Raum. Das Licht stört ihn. Es kreist lautlos, wird stark und grell und erstirbt zum Schatten.

An der Uhr lehnt ein weißer Brief. Er kennt ihn und kennt ihn doch nicht. Er darf nicht denken, von wem er ist. Hinter dem Denken steht ein seltsames Lächeln wie böse Angst. Die Uhr schlägt erschrocken. Zu spät sieht Tommy Tom, was geschieht. Es quillt aus dem Spalt am Boden. Wenn sie frei sind aus der schwarzen Spinnenmasse, laufen sie schnell durch den Raum und huschen wie Schatten in die Ecken. Die Uhr schweigt. Tommy Tom erschrickt. Auf dem Zifferblatt hockt eine Spinne. Drei hocken auf dem Pantoffel, den Tommy Tom nicht zu ergreifen wagt. Der andere ist von einer besetzt, die er blitzschnell abschüttelt und erschlägt.

Für seine Spiele wollte ihn Raveault haben. Weil er nicht wollte, brüllten sie: Tommy Tom tok tok, und sagten, er würde es bereuen.

Sein Blick erstarrt. Er sieht auf das Tuch über seinem Körper. Auf der Decke schon bis zur Brust stehen große Schatten in gespreizter Stellung bewegungslos, auch wenn er mit den Beinen das Tuch hebt und senkt. Die Spinnen heben und senken sich mit. Grauen lähmt ihn. Er weiß nicht; beißen die Spinnen, können sie ihn umklammern und, wenn es viele sind, ersticken?

Tommy Tom springt auf, schlägt das Tuch gegen die Wand, will flüchten und zertritt mit dem nackten Fuß Nachgiebiges, äh! Sein Hemd liegt am Boden. Es ist schwarz vor Spinnen. Er schüttelt es und streift damit schnell über seine Hose. Trotzdem läuft eine blitzschnell hinauf zu seinem Hals. Er spürt auf der Haut die sechs Punkte, die sich erst beim zweitenmal Hinschlagen lösen ...

Sie kommen irgendwoher aus dem Keller. Tommy Tom stopft sein Hemd in den großen Spalt. Nun kommen keine schwarzen Spinnen mehr. Aber aus den kleineren Ritzen kommen andere. Sie kommen einzeln, und wenn er gleich zuschlägt mit den Pantoffeln, in jeder Hand einen, kann es nicht lange dauern und alle sind tot, denkt er. Es sind viele Ritzen, und die grünen Spinnen haben starke Beine und springen. Drei, viermal drischt er auf eine, bis sie tot ist. Sie hat ihn gestochen. Es schmerzt bis ins Rückenmark.

Er wollte gar nicht zu Raveault. Sie haben ihn mitgezerrt. Du bist ein Feigling! Ich bin nicht feige. Er wollte lernen für die Prüfungen. Du bist erledigt, weißt du das? Also ging er mit ihnen. Und das waren die, die geschrien haben: Tommy Tom tok tok ...

Die schwarzen Spinnen sind nicht gefährlich, sie kommen nur in Massen, heben Tommy Toms Hemd vom

Spalt, drängen es weg und laufen auf ihn zu. Er schüttelt sie ab, streift sie weg, tritt sie tot.

Das Licht aus dem Keller macht ihn verrückt. Es dreht sich in flammenden Kreisen. Den großen Spalt zu, denkt er, damit die Schwarzen nicht kommen können. Ich muß mich konzentrieren auf die Gefährlichen, die stechen. Er kniet, schiebt mit dem geknäuelten Hemd den Spinnenball zurück und hat den Blick frei. Nur ganz kurz, aber er sieht die Fässer. Die Spunde sind fort. Raveaults Wein gärt, quillt aus dem Spundloch, da schwarz behaart, hektisch sich bewegende Beine, dort grünschillernd, langsamer, spreizig und sehnig. Am dritten Faß bewegt sich der Spund. Grellgelb ist die erste und doppelt so groß wie die grüne Spinne.

Tommy Tom läuft zum Fenster. Der Griff ist abgebrochen. Wenn er das Glas zerschlägt, kommen sie auch von außen. Sie sitzen wie kleine Kraken vor dem Mond, unbeweglich zu Tausenden. Sie kriechen, nun sieht es Tommy Tom voller Entsetzen, auch durch den Türspalt, und sie kommen mit Raveaults heiserem Lachen. Tommy Tom schreit auf. Das hätte er nicht tun sollen. Er spürt sie auf der Zunge, spuckt die Spinne aus, aber sie hat ihn schon gestochen. Tommy Tom springt zum Bett. Es ist zu spät, das Tuch zu nehmen, um sich hineinwickeln zu können. Spinne hockt neben Spinne, über die Schwarzen krallen sich die Grünen. Wenn er die Hand ausstreckt, springen sie ab, auf ihn zu. Die muß er mit der Hand anfassen, wegreißen und gleich zerdrücken. Seine Hände sind klebrig, es riecht nach Säure wie Urin, der länger stand.

Solche Schweine sind das also, die sich das Zeug in die Kehle schütteten. In kreischender Lust sprangen sie auf ihn zu. Er zitterte vor Abscheu, und sie schrien es immer wieder an seine dröhnenden Trommelfelle: Tommy Tom tok tok. So also wollten sie es haben.

Tommy spürt den plötzlich stechenden Schmerz im Kopf, die starke quälende Übelkeit im Magen. Angst und Ekel steigern sich in ihm zur sinnlosen Wut. Er schlägt um sich, trampelt los, tritt herum auf dem Spreizigen und Breiigen, bis ihm die toten Spinnenbeine zwischen den Zehen hängen und sich klebrige Flüssigkeit über seine Haut spannt wie ein Film.

Die Tiere seufzen nicht, sie schreien nicht, kein Stöhnen. Sie weichen nicht zurück, sie kommen nur stur und stumm wie das Grauen. Tommy Tom erbricht sich. Der saure Geruch ist furchtbar und vermengt sich mit dem der sterbenden Tiere. Die erste Gelbe starrt auf Tommy Tom. Mit gespreizten Beinen marschiert sie los. Drohend dröhnt ihr Tok tok auf den Dielen, als hätte sie Blei zwischen den Klauen. Sie kommt. Ihr Tok tok verstummt. Mit einem Satz springt sie ihn an und beißt sich in sein Fleisch.

Tommy Tom darf nicht schreien, sonst drängen die schwarzen Spinnen in den Mund. Er hat nicht aufgepaßt. Sie rasen über seine nackte Brust, krabbeln eifrig durch sein Haar, über die Stirn, lassen sich auf seine Lippen fallen. Er darf nicht schreien. Eine Grüne springt ab von der Decke, ihm gerade ins Gesicht. Sie stelzt auf seiner Wange, sticht zu, daß er aufschreit. Die schwarzen Haarigen im Mund, will er das Vieh an seinem Arm zerstören. Tommy Tom schluckt die Schwarzen in den Schlund, schluckt und würgt, reißt an dem Vieh und den Körper weg. Der Kopf frißt weiter an dem Loch. Beine stecken verkrallt im Fleisch wie Spieße. Tommy Tom tok tok ...

Das war es also, und sie haben es ihm gesagt, und er hat es nicht geglaubt. Du wirst schon sehen, wie das ist. Sie haben ihn in ein Zimmer gezerrt und an die Wand gestellt. Willst du? Nein. Du hast zu wollen, wir haben es alle gemacht. Ihre starren Augen! Sie hielten ihn fest und schütteten ihm das Zeug in den Mund, rauchige Säure, oder was sonst. Manche lagen nackt am Boden. Mädchen ließen willenlos die Arme hängen. Sie vertrugen das nicht. Sie konnten nichts dagegen tun, daß andere ihre Kleider zerrissen und ihnen die Hände auf den Rücken banden. Sie lachten, weil sie den Schmerz nicht mehr spürten, und die anderen lachten mit spitzen, irren Schreien wie Tiere. Ihm warf man die Nackte an die Brust, die schon blutete und furchtbar schrie. Aber die anderen schrien noch mehr, tanzten und stampften, ein überlautes Trommelschlagen, das klang, als hätten sie alle Tommy Tom tok tok gerufen ...

Die gelben Spinnen können ihn töten. Sie kommen nun statt der Schwarzen durch den großen Spalt. Eine nach der anderen zieht sich am Rande hoch. Tommy Tom weicht zurück. Er sieht, wie schnell sie zu viert sein Hemd zerfressen. Andere marschieren ein Stück, tok tok, langsam, eine Formation lauernder, schweigender Tode. Grüne Spinnen weichen aus, stelzen rückwärts und bleiben wie erstarrt im Schatten. Die kleinen Schwarzen haben Tommy Toms Körper fliehend verlassen. Das Licht kreist, wird heller und greller, Farben blenden in wirrer Folge, ein Kreischen wie von Sägen und hartes Aufschlagen. Glas auf Stein. Tommy Tom schwankt. Die erste Gelbe aus der Reihe springt, die zweite, die dritte. Tok tok klingen die Schaufeln der Totengräber an seiner Haut. Tommy Tom stürzt. Und die Gelben fallen mit, hängen an ihm, ganz nah vor seinem

Blick: schwer pulsierende Körper, die in riesigen Gestellen hängen. Er reißt sie aus seinem Fleisch; sieht die neue, die mit einem Satz kommt, noch eine, noch eine, noch eine, starrt auf die, die am nächsten sitzt, unter seinem Hals. Mein Gesicht, denkt Tommy Tom, meine Augen, wenn sie näherkommt. Sie beißen sich in den Hals, sie fressen sich in seine Brust, in seine Beine. Blut läuft aus seinen Händen, die er nicht mehr gebrauchen kann. Die Uhr schlägt. Sie sitzen auf seinen Augen, zerfressen die Lippen, und wenn sie nicht weiterkommen an den zusammengebissenen Zähnen, versuchen sie die Nasenhöhlen. Da öffnet Tommy Tom von selbst den Mund, um zu atmen. Sein Rücken wird heiß von toten Spinnenleibern. Grüne kommen, keine Gefahr für sich sehend, angestelzt und stechen. Und über tödliche Wunden laufen die kleinen Schwarzen weiter ... bis das Licht verlöscht.

Tatjana Kruse

Cool-Man schlägt zu!

Er dachte, er könnte mich an der Ecke abhängen. Mann, da mußte er schon einiges früher aufstehen. Ich ging mit affenartiger Geschwindigkeit in die Kurve und konnte den Pizzamann gerade noch in Chungs Wäschesalon verschwinden sehen. Jetzt hatte ich ihn!

Wenn ich damals nur gewußt hätte, welchen Umständen ich es am Schluß verdanken würde, den Pizzamann gestellt zu haben ...

Alles fing mit dieser aufregenden Cleo an, einem schwarzhaarigen Rasseweib mit üppigen Kurven. Sie überraschte mich schnarchend in meinem Büro, aber ein Blick auf meinen gestählten Superkörper mit der erotisch behaarten Brust überzeugte sie wohl rasch davon, beim Richtigen gelandet zu sein.

Ihre bloße Anwesenheit ließ mich aus dem Schlaf schrecken. »Hallo, hallo – kennen wir uns? Oder ist das nur ein Wunschgedanke von mir?«

»Mein Daddy wurde entführt. Sie müssen ihn finden, bevor es zu spät ist.« Ihre Stimme ging mir runter wie Gelée Royale in warmer Milch.

Ich lächelte mein absolutes Verführerlächeln, Marke Keine-Panik-Kleines-Onkel-Cool-bringt-alles-wieder-in-Ordnung.

»Haben Sie einen Anhaltspunkt, wer dahinterstecken könnte?«

Sie fixierte mich mit ihren tellergroßen Rehaugen. »Ich weiß ganz genau, wer ihn entführt hat. Der Pizzamann. Mein Daddy schuldete ihm ... etwas. O Gott, vielleicht ist er schon tot.« Sie schluchzte auf.

Ich fühlte mich wie hypnotisiert. Dieser Blick ging mir durch und durch. Zuletzt hat mich eine Kleine aus Chicago so angesehen; beinahe hätte ich ihr mein Ja-Wort gegeben. Wenn damals nicht ein paar der miesesten Ratten der Chicagoer Kanalisation hinter mir hergewesen wären und ich mich deshalb nicht hätte schleunigst aus dem Staub machen müssen, würde ich heute rotzige Bälger hüten, die Papi zu mir sagten.

Puh, ich wischte mir den Schweiß von der Stirn. Mein inneres Klimakontrollzentrum geriet in ihrer Gegenwart ganz schön außer Kontrolle. Hier hieß es wachsam sein!

»Und wo finde ich diesen Pizzamann?«

»In seiner Pizzastube. Mitten in der Altstadt.«

Ich stutzte. »Hey, Kleines, wenn Sie schon alles wissen, wozu brauchen Sie mich dann noch? Schalten Sie doch einfach die Bullen ein. Mann, da ist doch was oberfaul!«

Sie schluchzte schon wieder auf. Verdammt, ich kann Frauen nicht weinen sehen!

»Is' ja schon gut. Ihr Alter hatte Probleme mit den Bullen. Wer hätte die nicht? Ich kümmere mich darum, okay?«

Wau, ihr samtweicher Blick durchbohrte mich bis ins letzte Schwanzhaar. Ich sprang auf.

»Pizzamann, mach dein Testament.«

Der Pizzamann war so groß wie der Mount Everest und mindestens ebenso schwer. Kaum wurde er meiner ansichtig, begann er zu feuern: Salamischeiben, Gurkenstückchen, diverse Peperoni.

»*Scheißkatzen – ich krieg euch schon noch!*«

Ich suchte und fand Deckung im Vorratsraum. Hinter einer Dose Artischocken entdeckte ich einen Blutfleck. Cleos Daddy war nicht hier, das sagte mir mein feines Näschen, aber wer weiß, was man vor seinem Abtransport mit ihm angestellt hatte. Meine Barthaare vibrierten: eindeutig Katzenblut!

Jetzt konnte mir nur noch der Pizzamann selbst weiterhelfen. Was machte er mit uns Streunern, wenn er uns erwischte? Furchtbare Visionen bemächtigten sich meiner: Versuchslabore mit weißgekittelten Folterknechten, trostlose Heime mit dem durchdringenden Geruch der Hoffnungslosigkeit. Einen kurzen Augenblick lang überlegte ich sogar, um was für Fleisch es sich wohl in der Pizza Calzone mit Hackfüllung handelte ...

Dann schoben sich zwei große, braune Augen vor diese Visionen. Für diese Augen würde ich alles tun! Die Sache war klar. Ich mußte mich erwischen lassen – in der Hoffnung, an denselben Ort verbracht zu werden wie Cleos Daddy – wo immer das sein mochte.

Es klappte vorzüglich. Der Pizzamann packte mich, warf mich in einen Kofferraum, in dem es köstlich nach Pizza duftete, und auf ging die wilde Fahrt. Ich wurde kräftig durchgeschüttelt. Auch in dem Kofferraum war ein Blutfleck. Da es nicht nach Leiche roch, blieb nur die Möglichkeit, daß man den armen, alten Daddy schwerverletzt an einen versteckten Ort gebracht hatte, um ihm dort den Garaus zu bereiten. Ich gestehe, ich kam leicht ins Schwitzen.

Doch am Ende der turbulenten Fahrt drückte mich der Pizzamann in zwei alte, runzlige Hände und machte sich wieder aus dem Staub.

»Was bist du für ein süßer Kater!«

Ich wurde fachmännisch durchgekrault. So gut hatte ich mich nicht mehr gefühlt, seit mich mein Mensch verlassen hatte. Ein dicker Kloß stieg mir in den Hals: Scheiße, das war ja noch schlimmer als meine Vision in der Pizzastube!

Schließlich fand ich mich in einem Spielzimmer wieder. All das Zeug, mit dem Menschen ihren Knastis das Leben erträglicher machen wollen, lag da zuhauf herum: Kratz- und Kletterbäume, Gummimäuse, Wollknäuel. Und Cleos Daddy kauerte in einer Ecke und musterte mich zurückhaltend. Ich stolzierte auf ihn zu.

»Hallo, mein Guter. Ich bin Cool-Man. Ihre Tochter hat mich engagiert, Sie zu finden.«

Seine Barthaare vibrierten. »Ich habe keine Tochter.«

Das saß. Ich konnte nur noch stammeln. »Ja, aber ...«

»Sie meinen wahrscheinlich Cleo, mein Baby. Wir sind schon fast ein ganzes Jahr zusammen. Sie hat mich wieder zu einem jungen Kater gemacht. Was da alles zum Schwingen kommt, wenn Sie mir Sugar-Daddy ins Ohr raunzt ... aber das wissen Sie ja sicher selbst schon – ich habe keine Ausschließlichkeitsrechte auf diese Traumfrau.«

Die ganze Sache begann mir allmählich gewaltig auf den Keks zu gehen. Nicht nur, daß mich die Kleine mit ihrem angeblichen Daddy hintergangen hatte, sie hatte mir auch das vorenthalten, was anscheinend die ganze männliche Bevölkerung von Little Rock schon hatte genießen dürfen. Weiber! Nie wieder würde ich einer Klientin in die Augen schauen! Ich kam mir vor wie der Idiot der Woche.

»Und was hat der Pizzamann mit all dem zu tun?«

»Er ist mein Mensch.«

»W-a-a-s???«

Der Alte sah mich an, als wären bei mir nicht alle Schrauben locker. Und genauso fühlte ich mich auch. Am liebsten hätte ich ihm eine reingesemmelt, aber er konnte ja nichts dafür.

»Warum hetzt mich Ihre Kleine dann auf ihn?«

»Sie mag ihn nicht. Er hat uns auseinandergebracht. Das Gesundheitsamt wollte seine Pizzaklitsche schließen – wegen mir. Ich habe wohl auf ein oder zwei Pizzas gehaart. Da hat er mich zu seiner Mutter aufs Land verfrachtet. Das paßte Cleo nicht. Außerdem kennt sie die Adresse hier nicht.«

»Ich habe Ihr Blut gerochen. Hat man Sie gefoltert?«

»Unsinn! Hab mir beim Mäusefang eine Kralle aufgerissen. Ich bin einfach nicht mehr der jüngste. Deswegen fühle ich mich ja hier auch so gut aufgehoben: zwei warme Mahlzeiten am Tag und stündlich eine Durchkraulrunde.«

»Na danke. Und jetzt?«

Er streckte sich genüßlich. »Was Sie machen, weiß ich nicht. Ich werde hier meinen Lebensabend verbringen. Tut mir leid um Cleo, aber ich fühle mich hier sauwohl. Und diese jungen Dinger sind mit der Zeit einfach zu anstrengend, finden Sie nicht auch?«

Trottel. Bloß weil er mit einem Fuß schon in der Tierverbrennungsanlage stand, mußte er mich da nicht mit hineinziehen. Ich verkraftete spielend die drei Freundinnen, die ich mir zugelegt hatte, seit ich nach Little Rock gekommen war. In dieser verschlafenen Metropole war für jeden Geschmack etwas dabei – und ich war nicht auf Diät. Montags Mausi, mittwochs Sheba, freitags Möppel und am Wochenende Poker mit den Jungs. Ein tolles Leben – wenn man nicht gerade von hinterhältigen Klientinnen ausgetrickst wurde.

»Ich mach die Fliege. Cheerio!«

Warum ich dennoch weiter den Pizzamann verfolgte? Ganz einfach. Ich wollte den Beruf wechseln. Jawohl, Sie haben richtig gehört: der Rächer der Enterbten, der Beschützer der Witwen und Waisen wollte sich zur Ruhe setzen. Nach mühsamen Jahren als Privatdetektiv war ich darauf aus, als Restaurantkater verwöhnt zu werden. Ich war klassisch dafür prädestiniert – ich haare nämlich nicht.

Der Pizzamann sah das leider anders. Immer wenn ich auftauchte, fing er an zu niesen, sich zu kratzen, und schließlich trollte er sich fluchtartig. Meine Kumpels waren der Ansicht, es müsse sich um einen plötzlichen Anfall von Katzenhaarallergie handeln, aber das konnte ich nicht glauben. War ich vielleicht ein verlauster Perser? Eben!

So kam es, daß ich ihn eines Tages in Chungs Wäschesalon stellte.

»Chung, halten Sie mir diese Katze vom Leib!«

»Sie Angst vol halmlose Schmusekatel? Miez, miez, miez!«

»Chung verdammt – tun Sie was!«

Jetzt bin ich das Wahrzeichen eines chinesischen Wäschesalons. Zweimal täglich Huhn süßsauer und unablässiges Durchgekraultwerden von Chungs sieben Töchtern. Tja, da bleibt mir nur noch eins zu sagen: »Viel Glück, Fleunde, und mögen alle eule Wege von Elfolg geklönt sein! Miau.«

Günther Sauer

Auge um Auge

Jack hatte eine rosa Nase, rosa Ohren, rosa Füße, ein struppiges, schwarzes Fell und einen grauen Schwanz. Jack lebte in einem alten Haus in einer großen Stadt, das seit langem nicht mehr von Menschen bewohnt wurde. Türen waren herausgebrochen. Überall lag Schutt herum. Fensterscheiben waren herausgeschlagen. Klos und Waschbecken herausgebrochen.

Jack's Lieblingsplatz war ein Fensterbrett im zweiten Stock. Von hier aus beobachtete er das geschäftige Treiben auf der Straße. Seine Knopfaugen waren etwas kurzsichtig geworden, und wenn er sich in der Spiegelscherbe besah, die am linken Fensterrahmen lehnte, stellte er fest, daß das Fell um seine Nase herum grau wurde. Er wurde langsam alt.

Jack war immer ein Eigenbrötler gewesen. Niemand, der handfest im Leben stand, eher ein Träumer. Es hatte ihn viel gekostet, bis er so etwas wie eine Familie fand. Jetzt lebte er als Mitglied eines Klans in diesem alten Haus. Die anderen ließen ihn meistens in Ruhe. In ihren Augen war er ein liebenswerter Spinner. Sie bestanden nur darauf, daß Jack an den allabendlichen Treffen teilnahm, in denen die neuesten Informationen aus der Stadt diskutiert wurden.

Es war ein sonniger Herbsttag. Sinnierend genoß Jack den Blick auf die Straße hinunter. Die Straße war aufgerissen. Große Baustellen durchzogen die gesamte Nachbarschaft. Vieles hatte sich in der letzten Zeit geändert. Früher liebte er es, aus den Gullideckeln zu lugen, um dem Getreibe auf der Straße ganz nahe zu sein. Knatternde Motorengeräusche und ein Parfüm von süßlichem Zweitaktgemisch und rußigem, verbranntem Petroleum bestimmten seine Welt.

Jetzt roch es nicht mehr nach Zweitakt oder wenn, nur noch selten. Schwere Limousinen bewegten sich fast geräuschlos auf breiten Reifen. Überall standen riesige Baukräne, Bulldozer, Bagger, Generatoren ratterten Tag und Nacht. Auf der Straße war es Jack zu gefährlich geworden, im zweiten Stock fühlte er sich wohler.

Jack wunderte sich, daß heute auf der Baustelle unter ihm nicht gearbeitet wurde. In einiger Entfernung war ein rot-weiß-gestreiftes Band quer über die Straße gespannt. Dahinter standen Bauarbeiter, Polizisten und Passanten. Alle starrten neugierig zu seinem Haus herüber. Ein langer Ton war plötzlich zu hören, wie aus einem Nebelhorn. – Das Fensterbrett, auf dem Jack saß, begann sich zu bewegen ...

Es war ein kalter Herbsttag. Am ganzen Körper vor Aufregung bebend, kroch Jack langsam auf den Rand der Baugrube zu. Die Baugrube war riesig. Mitten in der Stadt gelegen, nahm sie die Fläche eines gesamten Stadtquartiers ein und fiel, von vier Straßen umgeben, schachtartig in die Tiefe ab.

Als Jack über den Rand der Grube blickte, wurde ihm schwindlig. Er kämpfte gegen das Gefühl, in die Tiefe gesogen zu werden, und schloß eine Zeitlang die Augen. Offenbar konnte die Baugrube gar nicht tief genug sein, um unterhalb der geplanten Geschäfts- und Hoteltürme Raum für mehrere Parkdecks, Einkaufsebenen nach dem Vorbild amerikanischer Malls sowie Dienstleistungs- und Versorgungseinrichtungen zu schaffen. Auch die Presse hatte sich bereits mit der gigantischen

Schachtanlage befaßt, allerdings erst, als die Knochen eines prähistorischen Mammuts zu Tage gefördert worden waren.

Der Boden der Baugrube war voller Menschen. Honoratioren der Stadt, Investoren, Betreiber, Werbemanager, Pressefritzen, Architekten, Baulöwen. Es fand eine Grundsteinlegung statt. Bauarbeiter hatten eine Woche lang an einer soliden Holztreppe gearbeitet, damit die Massen über mehrere Zwischenebenen sicher in die Tiefe gelangen konnten. Da die Gefahr eines Regengusses bestand, waren an alle Teilnehmer weiße Regenschirme ausgegeben worden.

Von Jack's Beobachtungspunkt aus wirkten die Menschen ganz klein. Kleiner noch als er, obwohl er doch nur eine Ratte war. Jack sah, wie ein Mann ein Podest betrat. »Mein Gott, die Feier hat schon angefangen«, Jack drehte sich um. Zwei Meter hinter ihm ragte, unter Bauschutt versteckt, ein Rohr aus der Erde. In der Rohrmündung saß eine andere Ratte und blickte zu Jack hinüber.

»Es hat schon angefangen«, wiederholte Jack zischelnd in Richtung der anderen Ratte, »wie lange dauert es denn noch, bis die Meldung kommt?«

Die Ratte im Rohr lächelte beruhigend. »Immer mit der Ruhe, mein Lieber, wir machen das schon. Es kann überhaupt nichts schief gehen. Die Jungs müssen nur noch ein paar Positionen koordinieren.«

Verärgert wandte Jack sich wieder der Baugrube zu. Wie konnte diese blöde Ratte da hinter ihm nur so ruhig sein, geradezu lässig. Hätte er sich bloß nicht mit diesen blasierten Typen aus dem Westen der Stadt eingelassen. Aber woanders hatte er keine Stahlbetonspezialisten finden können, die, ohne viel zu fragen, bereit waren, ihm zu helfen.

Jacks Aufmerksamkeit konzentrierte sich auf ein einzelnes Gebäude. Wie ein übrig gebliebener Zahn ragte es am Rande der Baugrube auf. Noch vor kurzem war es Bestandteil einer ganzen Straßenzeile von Gründerzeithäusern gewesen, die, teilweise baufällig, mit verschachtelten Innenhöfen das Quartier geprägt hatten. Dieses Gebäude war vom Abriß verschont geblieben, um als Denkmal zwischen den neu entstehenden Marmor-Glas-Palästen mit seiner Fassade an das historische Gepräge des Quartiers zu erinnern.

Der jetzige Standort des fünfstöckigen Gebäudes war abenteuerlich. Wie ein altes Kastell thronte es mit seinen Fundamenten auf einem Sockel aus Erdreich, der gleich einem Turm vom Grund bis zum oberen Rand der Baugrube reichte. Damit die gewagte Konstruktion nicht einstürzte, hatte man die drei freien, lotrechten Seiten von oben bis unten mit Betonplatten verkleidet und diese nach innen mit schweren Stahlverankerungen im Erdreich gesichert.

Jack war so in seine Betrachtungen versunken, daß er zutiefst erschrak, als er eine Berührung an seinem Fell spürte. Dicht neben ihm kauerte die andere Ratte. »Wir wären dann soweit, es ist alles bereit«, sagte die Ratte zu Jack.

Jack überlegte einen Augenblick. »Sind alle draußen?«

»Klar, wie abgesprochen, die sind alle in Sicherheit.«

Mit der Antwort war Jack zufrieden. Vorsichtig robbte er ein Stück vom Grubenrand zurück. »Also dann, den Rest muß ich allein machen. Leb wohl, und sag den anderen vielen Dank für alles.« Dann drehte er sich um und lief auf das Rohr zu.

»Warum machst du das ganze Theater hier eigentlich«, rief die Ratte hinter Jack her, als er gerade im Rohr verschwinden wollte.

Jack zögerte einen Moment. »Auge um Auge«, erwiderte er bitter. »Da drüben habe ich gewohnt. Sie haben unser Haus gesprengt. Dabei ist meine ganze Familie ums Leben gekommen.«

»Zahn um Zahn«, erwiderte die andere Ratte lächelnd, »warte, ich komme mit und helfe dir.« Dann hüpfte sie fröhlich hinter Jack her in das Rohr hinein.

Ein leichtes Vibrieren durchlief die Betonplatten. Jack hatte im Innern des irdenen Turmes den Mechanismus ausgelöst, der die letzten der freigewühlten Verankerungen freilegte.

Es hatte angefangen zu regnen. Auf dem Grund der Baugrube konnte man dicht an dicht aufgespannte Regenschirme sehen, bevor die Betonplatten zu rutschen begannen und das alte Gebäude sich langsam über die Baugrube neigte.

Über die AutorInnen

Helga Anderle, waschechtes Weana Kind, aufgewachsen in Wien und Valencia (Spanien). Träumte in kindlichem Größenwahn von einer Karriere als Pianistin, Malerin oder Schriftstellerin. Verbrachte, das Gute in der Ferne suchend, einige Lehr- und Wanderjahre in Spanien, der Schweiz und Frankreich. Eignete sich dabei neben einem reichen Erfahrungs- auch einen gewissen Sprachschatz an und arbeitete danach bei internationalen Organisationen in Genf und Wien. 1972 in München zum ersten Mal Redaktionsluft geschnuppert, seither abwechselnd als Lohnschreiberin und Freie beim Gewerbe geblieben. Angesteckt von einem krimischreibenden Ehemann selbst der Mordlust verfallen.

Veröffentlichungen: *Da werden Weiber zu Hyänen* – Anthologie mit Kurzgeschichten von Krimiautorinnen aus aller Welt, 1991, Wiener Frauenverlag; 1993 als Taschenbuch bei dtv. Zahlreiche Erzählungen und Kurzkrimis in Literaturzeitschriften, Magazinen und Anthologien im In- und Ausland (Australien, BRD, CSFR, Bulgarien, Polen, Mexiko). Mitglied der IG Autoren; European Coordinator der US-Sisters in Crime; Vizepräsidentin der AIEP (Internationale Organisation der Kriminalschriftsteller).

Leo P. Ard besitzt einen Paß auf den Namen **Jürgen Pomorin** und ist angeblich 1953 geboren. Er kann sich nicht entscheiden, ob er lieber in Bochum, Hamburg, Berlin oder Son Carrio/Mallorca lebt. Wenn er nicht zwischen diesen Orten hin- und herpendelt, schreibt er Drehbücher für die Serien »Zappek«, »Balko« und »Polizeiruf 110« und Kriminalromane. Zusammen mit Reinhard Junge schrieb er *Bonner Roulette, Das Ekel von Datteln, Das Ekel schlägt zurück, Die Waffen des Ekels, Meine Niere, deine Niere,* zusammen mit Michael Illner *Gemischtes Doppel* und *Flotter Dreier.* Seine satirische Ader tobte er in *Die Miteßzentrale* aus (alles bei Grafit erschienen).

Bärbel Balke wurde mit zwei Jahren deutsche demokratische und mit 42 Jahren bundesrepublikanische Bürgerin. Sie studierte Leben und Ingenieurökonomie in Dresden, Leben und Literatur in Leipzig und war vielerorten auf Spurensuche als Redakteurin, Kellnerin und Pressereferentin. Ihre Ermittlungen führten sie 1982 zu dem Entschluß, fortan freiberuflich für Brot und Leser zu texten. Es entstanden neben Liedtexten und journalistischen Arbeiten für Zeitschriften u. a. Kriminalerzählungen und ein Kriminalroman. Ihr drittes Buch *Frauen töten einsam – Begegnung mit weiblicher Gewalt* ist 1994 im Verlag Das Neue Berlin erschienen.

Karl-Heinz Diesmann, 1956 in Ahlen/Westfalen geboren, lebt seit 1980 in Bochum; arbeitet in einem Kfz-Sachverständigenbüro, wo er Texte korrigiert und redigiert.

Eigene Texte in Zeitschriften und Anthologien. Auf sein Konto beim Grafit Verlag gehen: ein mörderisch ehrgeiziger Schauspieler (in: *Good bye, Brunhilde*), ein mörderischer Grabungsfund (Gemüse-Krimis), eine mörderisch verkorkste Bergmannsfamilie (Geburtstags-Krimis), ein Geheimnis von nationaler Bedeutung (Sport-Krimis), ein Rentierdetektiv (Weihnachtskrimis), ein mörderischer Fernstudent (Wartezimmer-Krimis) und natürlich ein schießwütiger Rentner.

Jürgen Ehlers wurde 1948 in Hamburg geboren, arbeitet

dort hauptberuflich bei der Umweltbehörde und ist für die Geologische Kartierung zuständig. Er ist bisher publizistisch vor allem durch Fachaufsätze und Bücher zu Themen der Eiszeitforschung in Erscheinung getreten. 1992 erschien sein erster Kurzkrimi *Flucht*, 1994 folgten *Herzversagen* (in: *Der Mörder schwänzt den Unterricht*, Grafit) und *Gesund* (in: *Der Mörder kommt auf Krankenschein*, Grafit).

Jan Flieger, Jahrgang 1941, lebt in Leipzig und ist Pressesprecher der dortigen Niederlassung der Telekom.

Flieger veröffentlichte bisher drei Krinalromane: *Tatort Teufelsauge* (1988); *Ein tödliches Ultimatum* (1989); *Der Sog* (120.000 Exemplare); *Die Hölle hat keine Hintertür* (Kriminalerzz., 1987); *Alles umsonst* (Fernsehkrimi beim DFF, 1988); außerdem Short-Stories in verschiedenen Krimi-Anthologien, z. B. *Rhabarber mag ich am liebsten* in: *Good bye, Brunhilde* (Grafit, 1992), *Glockengeläut* in: *Der Mörder ist immer der Gärtner* (Grafit, 1993), *Stille, unheilige Nacht* in: *Der Mörder packt die Rute aus* (Grafit, 1993), *Todesfahrt* in: Heyne Krimi Jahresband 1992 und *Tod im Hochland* im Haffmanns Krimijahresband 1994; Kurzgeschichten in Anthologien in Frankreich, Schweden, Norwegen und Dänemark.

Annette Gilles, geboren 1960 in Bochum, studierte zunächst Germanistik und absolvierte eine Fremdsprachenausbildung. Nebenher jobbte sie als Theaterstatistin und Model auf Mode-Messen, arbeitete als Reporterin für eine große Tageszeitung und für Stadtzeitungen. Als bodenständiger Steinbock entschied sie sich dann aber für eine solidere Laufbahn: Sie wurde Mode-Einkäuferin bei einem großen Warenhaus-Konzern und lebte mehrere Jahre in Husum an der Nordsee und in München. Der Wunsch zu schreiben wurde schließlich immer stärker ...

Heute lebt Annette Gilles als Redakteurin in Frankfurt.

H. P. Karr & Walter Wehner, geboren 1955 in Saalfeld (Karr) und 1949 in Werdohl (Wehner), wuchsen beide im Ruhrgebiet auf. Während Walter Wehner in Essen in Kunstgeschichte promovierte, studierte H. P. Karr in Bochum Publizistik und arbeitete als Reporter, Redakteur, Übersetzer und Krimi-Autor. Unterdessen hatte es Wehner zu einer Tätigkeit in der Erwachsenenbildung gebracht und daneben mehrere Gedichtbände und Sachbücher veröffentlicht. Seit 1988 schreiben Karr & Wehner gelegentlich als Autorenteam Großstadtstories, Hörspiele und Romane. Weitere Geschichten von ihnen sind z. B. erschienen in *Der Mörder ist immer der Gärtner, Der Mörder bläst die Kerzen aus, Der Mörder zieht die Turnschuh an, Der Mörder packt die Rute aus, Der Mörder schwänzt den Unterricht, Der Mörder bricht den Wanderstab* und der *Mörder kommt auf Krankenschein* (alle Grafit).

Thomas Kley, 1959 in Essen geboren, inzwischen lebhaft und wohnhaft im Bergischen Land – aber immer den Blick in Richtung Ruhr -, lebt von landschaftsgärtnerischer Tätigkeit. 1987 Mitbegründer der Essener Literaturzeitschrift *Jeder Art*.

Tatjana Kruse, von Geburt (1969) an krimisüchtig, lebt und arbeitet in Stuttgart als freiberufliche Literaturübersetzerin – nein, nicht von Kriminalliteratur. Ihr mörderisches Verlangen stillt sie daher durch eigene Kurzgeschichten. Mitglied im 'Syndikat' und bei den 'Sisters in Crime'.

Sabine Lennkh, geboren 1959 in Dinslaken, verbringt ihre Jugend pendelnd zwischen Deutschland, den USA, Uruguay und Indonesien. Bereits während ihrer Schulzeit schreibt sie für die *Neue Ruhr Zeitung* und später den *Münchner Merkur*. Jurastudium und Referendarzeit in München werden erfolgreich abgeschlossen und der erste Kurzkrimi veröffentlicht. 1989 geht sie als Public Relations Managerin für ein Fünf-Sterne-Hotel ins Golfgebiet. Ein Jahr Türkei folgt. Zurück in Europa übernimmt sie die Leitung der Pressestelle eines führenden Versicherungskonzerns. Nach einem Jahr in Oman lebt sie als freie Autorin wieder in Bayern.

Hartwig Liedtke, Jahrgang 1952, studierte Psychologie und Medizin. Er arbeitet heute als Chirurg in einer Kölner Klinik.

1991 erschien sein erster Kriminalroman *Klinisch tot*, 1993 folgte *Tod auf Rezept*. Für die Anthologie *Good bye, Brunhilde* (1992) steuerte er den Kurzkrimi *Traumurlaub*, für *Der Mörder bricht den Wanderstab* die Geschichte *Tod am Nil* und für *Der Mörder kommt auf Krankenschein* die Story *Klar zur Wende* bei (alle Titel bei Grafit).

Karen Meyer, geboren im Jahr des Kennedy-Mordes, lebte bisher in Neuss, Tübingen, Berlin und wohnt jetzt in Lübeck. Sie arbeitet als Kultur- und Sozialwissenschaftlerin, in der Erwachsenenbildung und als Autorin. Erschienen sind diverse Veröffentlichungen im Sachbuchbereich, Kurzkrimis und 1995 der Kriminalroman *Schmetterlingstod*.

Peter Minz, 32, schätzt die Verbindung von Thrill und Komik und hofft, irgendwann einmal vom Schreiben leben zu können. Seine erste Kriminalkurzgeschichte *Entsorgung auf See* erschien 1994 (in: *Der Mörder bricht den Wanderstab*, Grafit Verlag).

Bis sein Wunsch in Erfüllung geht, wird er wohl oder übel weiterhin als Büromensch bei einer großen katholischen Wohlfahrtsorganisation sittsam und fromm Lohnarbeit leisten müssen.

Minz lebt abseits der Kulturmetropolen im Münsterland.

Bert Ostberg, 1949 in Berlin geboren, wurde schon »Ossi« gerufen, als seinesgleichen noch »Zoni« hieß. Nie ergriff er seinen Traumberuf Schauspieler, war dafür aber kurzzeitig Marinefunker, Chorsänger, Gitarrist und Ökonomiestudent. Nach 15 Jahren Festanstellungen als Journalist bei Rundfunk und Fernsehen der DDR, schlägt er sich nun mit wachsendem Vergnügen als freier Autor für Wissenschafts-, Gesundheits- und Kirchensendungen durch.

Günther Sauer, 1948 in Hamburg geboren, ging 1971 nach Berlin, studierte Flugtechnik, forschte lange Jahre an der Triebwerk-Flügel-Umströmung des Airbus, promovierte in numerischer Aerodynamik, arbeitete als leitender Angestellter in der Medizintechnik, kurzzeitig in der Kommunikationstechnik und wurde dann zunächst Olympia- und danach Hauptstadtplaner. Während dieser

Tätigkeiten entstanden eine Reihe wissenschaftlicher Veröffentlichungen, u. a. *Ein dreidimensionales Singularitätenverfahren zur Berechnung der Strömung um Bypass-Triebwerke* in der Flugtechnik und *Langzeitfixation von Hüftendoprothesen durch Beschichtung mit Hydroxilapatit* in der Medizintechnik. *Auge um Auge* ist nach *Das fünfte Stockwerk* (in: *Der Mörder kommt auf Krankenschein*, Grafit Verlag 1994) sein zweiter Krimi-Versuch .

Niklaus Schmid, 1942 in Duisburg geboren. Mit achtzehn mal beim Zirkus reingerochen, mit dreißig aus seinem Job als technisch-kaufmännischer Leiter in einer Wohnwagenfirma ausgestiegen und vier Jahre durch Indien, Afrika und Südamerika gereist; auf den Seychellen mit dem Schreiben angefangen.

Auf den Balearen einige Jahre als Journalist für lokale Zeitungen gearbeitet, danach hauptsächlich Kurzgeschichten, Reiseberichte und Hörspiele geschrieben.

Schmid ist Autor der Reisebücher *Balearen* und *Formentera* sowie eines Jugendbuchs, des Krimis *Die Wettreise* und der Krimistories *Italienische Maßarbeit* (in: *Geburtstags-Krimis*), *Notsignale* (in: *Sport-Krimis*), *Ein Weihnachtsmann auf Abwegen* (in: *Weihnachts-Krimis*), *Einer fehlt für immer* (in: *Schul-Krimis*), *Haus mit Meerblick und Zisterne* (in: *Urlaubs-Krimis*) und *Aufstand der Alten* (in: *Wartezimmer-Krimis*). Er lebt seit 1978 auf Formentera und ebenso gern – aber zeitlich etwas weniger – in Duisburg.

Sylvia Schwartz wurde am 26.6.1956 in Wien geboren, hatte eine schwäbische Großmutter, dänische Pflegeeltern und viel später dann einen sizilianischen Verlobten. Auf der ewigen Suche nach Neuem schrieb sie Kinder- und

Jugendbücher, arbeitete als Schauspielerin beim Kabarett, Film und im Theater. Sie verabscheut Gewitter und intolerante Menschen.

Claudia Vocke wurde 1960 im Ruhrgebiet geboren und ist ihm bis heute aus Überzeugung treu geblieben. Zunächst studierte sie lang und ausgiebig Rechtswissenschaften, um dann zum Ausgleich das Studium der Theater-, Film- und Fernsehwissenschaften zu wählen. Heute ist sie selbständige Rechtsanwältin und verarbeitet ihre lebhafte Phantasie zu Kurzgeschichten. Nachdem sie ihre literarischen Werke als Kind immer im elterlichen Garten vergraben hat, ist sie heute dazu übergegangen, sie zu veröffentlichen.

Klaus Weigle kam 1926 in Danzig zur Welt. Seit 1947 war er als Reporter und Redakteur für Zeitungen und Zeitschriften tätig. Zwanzig Jahre lang arbeitete er fürs Fernsehen. Während seines Journalistenlebens kam er auf vier Kontinenten zum Einsatz. Seit 1986 ist er freier Autor.

Arthur Gordon Wolf, Jahrgang 1962, Träumer, Realist, Skeptiker, Idealist, »ernährt« sich von Büchern, Filmen, Bildern, schreibt Rezensionen, aber auch Short-Stories und Novellen, ist dabei immer auf der Suche nach Bizarrem, Unheimlichem, Erschreckendem, wechselt ständig zwischen den Genres SF, Fantasy, Crime und Horror, hadert mit dem Problem, daß viele seiner »Kurz«-Geschichten (für Anthologien) zu lang werden, arbeitet an einem ersten Roman und verdient seine Brötchen – nein, nicht mit Schreiben, eher mit Schreien – als Lehrer.

Diverse Veröffentlichungen in SF-, Krimi-, Fantasy-Anthologien, Kurzhörspiele beim SDR und beim HR.

Gabriele Wolff, 1955 in Düsseldorf geboren, wanderte 1975 zwecks Jurastudiums nach Köln aus und arbeitete ab 1985 als Staatsanwältin in Duisburg. Beruflich und privat zum Wossi mutiert, lebt sie seit 1994 in der Fontane- und Schinkelstadt Neuruppin, deren Beschaulichkeit der kriminellen Produktion nicht entgegensteht.

Veröffentlichungen: *Kölscher Kaviar* (Kriminalroman, 1990), *Himmel und Erde* (Kriminalroman, 1991), *Lover* (Kriminalgeschichten, 1992), *Armer Ritter* (Kriminalroman, 1993), *Rote Grütze* (Kriminalroman, 1994).

Sirmione Zinth, Grafikerin, Illustratorin, Schriftstellerin und Hörspielautorin. Ihre *Horrorlyrik* und schrecklichen Geschichten geistern durch das Zeitmagazin der »Zeit«, die »Frankfurter Allgemeine« und flattern als makabre Schmetterlinge durch die Heyne-Krimijahresbände. Über Sirmione Zinth urteilt die FAZ: »Frauen haben einen Hang zum kriminalistischen Genre, manche auch zum unheimlichen, gruseligen. S. Z. ist eine Dame mit solchen eindeutigen Vorlieben. Makabre Kriminalgeschichten sind ihre Spezialität.« Kunstrichter Joshua Kid Gottsched warnt: »S. Z., störender Zwischenfall in der Flut des Gedruckten, betreibt die Kunst hintergründigen Erschreckens. Amüsiertes Lachen erstarrt.«